MEURTRES EN MOSELLE

MEURTRE AU CLUB CANIN DE LA FENSCH

DE ELIANE SCHIERER

Édition : BoD – Books on Demand
12/14 rond-point des Champs-Élysées, 75008 Paris
Impression : Books on Demand GmbH, Norderstedt, Allemagne
ISBN : 978-2-3222-0982-8
Dépôt légal : avril 2020

Synopsis :

Marie Laville la présidente du CLUB CANIN DE LA FENSCH a été assassinée.
C'est son mari, Jean qui découvre son corps au club. Apparemment Marie se serait taillée les veines avec un couteau qu'on a retrouvé dans sa main droite. Or Marie était gauchère ! Nos enquêteurs, Marc Schmitt et Raymond Müller, du commissariat de Fontoy, soupçonnent tout de suite un meurtre maquillé en suicide.

Grâce à la médecin légiste, Christelle Lasalle, leurs doutes sont confirmés. La victime a été empoisonnée à la ciguë. La veille au soir, elle et son mari Jean avaient dîné avec le frère de Jean, Robert, et Monique sa femme. Marie était soucieuse et devait revoir certains règlements au club, avait-elle laissé entendre à Robert, qui l'avait aidé à préparer le dîner.

Il n'y avait que le plat de Marie qui était empoisonné et pas celui des autres membres de la famille. Le plat provenait de Marina Della Chiesa, la femme de ménage des Laville. Est-ce que cette femme avait de mauvaises intentions ou au contraire était-elle une victime innocente ?

Pour quelle raison Marie devait-elle mourir ? Qui nourrissait en lui ou en elle une haine féroce au point de vouloir la supprimer ? Qu'avait-elle découvert au sujet du CLUB CANIN DE LA FENSCH ? Une enquête difficile, mais qui sera menée avec brio par nos enquêteurs mosellans ?

Le clocher de la ville de Fontoy affichait huit heures du matin. Il faisait chaud en ce vendredi du mois de juin. Les merles chantaient leurs plus belles chansons. Le week-end approchait à grands pas !

Le commissaire, Marc Schmitt était en train d'ouvrir les fenêtres du commissariat quand le téléphone sonna. Marc était âgé d'une quarantaine d'années. Il portait une barbe bien entretenue, une chemise blanche à manches courtes avec un pantalon bleu marine.

Son collègue, Raymond Müller se tenait sur le pas de la porte. Il était âgé d'une trentaine d'années. Il était blond mais sa chevelure commençait déjà à régresser.

— Allô, oui vous êtes au commissariat de police de Fontoy ? Qui est à l'appareil ? Vous avez découvert le corps de votre femme ? Oui ? A quel endroit ? Nous arrivons tout de suite Monsieur Laville. Ne touchez surtout à rien, c'est une scène de crime !

— Salut Marc, qu'est-ce qui se passe ?

— Bonjour Raymond ! Nous devons nous rendre au *Club Canin de la Fensch*. Monsieur Laville vient de retrouver le corps de sa femme, Marie. Je vais appeler tout de suite Madame la Procureure Hélène Keller pour qu'elle nous signe une perquisition. Nous passerons chez elle plus tard.

— Est-ce que tu peux appeler Christiane et Marine de la police scientifique et Christelle, la médecin légiste ?

— C'est d'accord, Marc.

– Quelques minutes plus tard les enquêteurs se dirigèrent vers le club canin. Monsieur Laville vint à leur rencontre. Il avait un visage sympathique, mais ses yeux étaient cernés et rougis. Il frôlait la cinquantaine.

– Bonjour Monsieur Laville, voici mon collègue Raymond Müller, commissaire, je suis Marc Schmitt. Vous nous avez appelé il y a quelques minutes !

– Bonjour Messieurs, veuillez me suivre.

Dans le local gisait un corps sans vie. Marie Laville devait frôler la cinquantaine. Elle avait de longs cheveux roux. Son visage était retourné sur le côté droit. Elle portait dans sa main droite un couteau de cuisine. A première vue elle s'était suicidée. Le sang avait cessé de couler le long de ses veines. On entendit le gyrophare d'une voiture de police qui arrivait à toute vitesse. C'était la police scientifique, Christiane d' Huart et Marine Cassoni ainsi que la médecin légiste, Christelle Lasalle.

– A quelle heure avez-vous retrouvé le corps de votre femme Monsieur Laville ?

– Il devait être aux environs de 6 h 30 ce matin.

– Nous avions dîné hier soir en compagnie de mon frère et de ma belle-sœur. Robert, mon frère a aidé Marie à cuisiner.

– A quelle heure votre famille est-elle arrivée et repartie ?

Ils sont arrivés vers 19 heures et ils sont repartis vers 21 h 30 heures. Je me suis couché aux environs de 22 h 30.

J'ai pris un somnifère, ensuite je me suis endormi dix minutes plus tard. Marie me rejoignait toujours un peu plus tard, car elle ne dormait plus beaucoup. Quand je me suis réveillé, j'ai vu qu'elle n'était pas là. Son pyjama était encore sur le lit. Cela m'a paru bizarre. Je suis descendu dans la cuisine, mon épouse n'y était pas. Ensuite je me suis précipité au club qui se situe juste en face à 100 mètres. Elle y allait de temps à autre pour faire le ménage et pour classer les factures et documents divers. Et là ce fût l'horreur ! Ma femme s'était taillé les veines ! Je ne comprends pas : elle n'était pas dépressive. Cela ne fait aucun sens !

— Votre femme était-elle gauchère ou droitière, Monsieur Laville ?

— Ma femme était gauchère, Messieurs.

De grosses larmes coulaient le long de ses joues creuses ! Je jure que nous n'avions aucun problème dans notre ménage, pas de grandes disputes, souvent des bagatelles mais rien de grave.

— Laissez un peu de temps à la police scientifique et à notre médecin légiste, Monsieur Laville. Dès qu'on aura les premiers éléments nous vous en informerons. Nous allons chercher un mandat chez Madame la Procureure. Désolés nous devrons retourner le club et la maison. C'est la procédure !

— Faîtes donc, je vous attends ! Nous devions partir aux Baléares lundi. Elle était tellement heureuse ? Je vais annuler le voyage et j'irais travailler comme d'habitude à la banque *CAMAT* d'Hayange. Cela m'occupera l'esprit.

— Si un tiers s'est introduit ici, nous retrouverons des indices Monsieur Laville.

— Ensuite, Marc Schmitt, s'adressa à la police scientifique et à la médecin légiste :

— Bonjour Mesdames, merci d'être venues aussi rapidement. Voici le corps de Madame Laville. D'après les premières constatations elle s'est taillée les veines. C'est son mari Jean qui a découvert le corps tôt ce matin. Apparemment Madame Laville était gauchère, or le couteau se trouvait dans sa main droite. C'est étrange ! Première erreur ?

— Christelle je vous laisse faire ainsi que votre équipe. Vous me présenterez vos premières conclusions dans l'après-midi ?

— Nous allons faire notre possible Messieurs. Dès que nous aurons terminé nous vous appellerons.

— Merci beaucoup.

— Nous allons de ce pas chercher un mandat de perquisition pour le club et la demeure des Laville chez Madame la Procureure Hélène Keller à Thionville. Allez-y fouillez tout. J'ai bien peur que ce soit un meurtre maquillé en suicide !

— Dix minutes plus tard, voici nos enquêteurs en route pour Thionville. Madame Keller se trouvait au palais de justice. Elle était habillée d'un tailleur bleu ciel de chez Guccci. Ses cheveux bruns lui tombaient sur les épaules. Elle portait des lunettes rouges. Hélène frôlait la quarantaine.

– Bonjour Messieurs, alors comment se présente cette affaire ?

– Bonjour Madame la Procureure, firent Marc et Raymond.

– Le mari de Madame Laville, Jean, a trouvé ce matin le corps de son épouse au *Club Canin de la Fensch*. Il prétend que sa femme était présente à leur demeure hier soir avant qu'il ne monte se coucher en premier. Ils avaient eu la visite du beau-frère et de la belle-sœur de la défunte. Comme le mari de la victime prend des somnifères, il n'a pas remarqué que sa femme ne s'était pas couchée de la nuit. Or ce matin, s'apercevant de son absence, il s'est mis à la chercher. Elle n'était pas à la maison. Ensuite il s'est précipité au club canin. Le corps sans vie de sa femme y gisait dans une mare de sang ! La médecin légiste et la police scientifique sont sur place. A première vue Madame Laville se serait suicidée. Nous avons trouvé un couteau dans sa main droite, or Marie était gauchère d'après son mari. Apparemment elle se serait taillée les veines . A moins que le ou la meurtrière ait voulu nous faire croire à un suicide ! Le mari prétend que sa femme n'était pas du tout dépressive ou suicidaire. Toutes les pistes s'ouvrent à nous. Nous aurions besoin d'une perquisition signée pour fouiller la demeure et le club canin, Madame la Procureure ! Nous allons éplucher les comptes, les téléphones et les portables.

— Bien, la voici, Messieurs, informez-moi de l'avancement de l'enquête, voici mon numéro de portable. Cette histoire me semble effectivement bizarre et pas très claire ! Sortir de sa maison et se suicider au club canin juste en face, je trouve cela un peu étrange. Cela n'a pas de sens. De plus le couteau dans la main droite ! Notre assassin a dû laisser des traces. Soyez vigilants Messieurs ! Bonne chance !

— Au revoir Madame la Procureure, nous vous appellerons dès qu'il y aura du nouveau. Merci et bonne journée.

Schmitt regarda sur sa montre. Il était 10 h 30. Les enquêteurs se dirigèrent une nouvelle fois sur le lieu du crime, le *Club Canin de la Fensch*. Monsieur Laville était assis sur une chaise à l'entrée. Il était anéanti.

— Voici la perquisition Monsieur Laville, nous sommes désolés de devoir vous infliger cela, mais c'est la procédure, dit Schmitt.

— Vous avez pu découvrir quelque chose, demanda-t-il à Christelle ?

— La mort devrait remonter aux environs de minuit, d'après la rigidité cadavérique. Nous avons retourné le corps. Nous n'avons trouvé ni injections, ni coups, ni blessures. A mon avis la victime a été empoisonnée. La couleur de la langue est bizarre, je ne sais pas, je ne crois pas que la victime se soit suicidée. Elle a dû vomir dans les toilettes, nous y avons trouvé des fragments de nourriture. Les analyses toxicologiques vont nous en dire plus. Nous avons par chance trouvé encore quelques restes du dîner d'hier soir. Je pencherais plutôt pour un crime maquillé en suicide. Je vous appellerai au courant de l'après-midi quand les premières analyses de l'estomac et de la prise de sang seront terminées, dit Christelle.

— A cet après-midi, rétorqua Marc. Merci !

— Monsieur Laville, dit Raymond, votre femme avait-elle des soucis avec un membre du club, des voisins ou quelqu'un qui aurait pu lui en vouloir ?

— Ah, vous croyez qu'elle a été assassinée ? rétorqua Laville. Elle me semblait soucieuse les derniers jours, mais vous savez elle ne me disait pas toujours tout !

— Oui, nous devons envisager toutes les hypothèses, mais l'analyse toxicologique nous éclairera cet après-midi. De plus le couteau avec lequel elle se serait suicidée était dans sa main droite, et votre femme était, d'après vos dires, gauchère. Pourriez-vous nous remettre une liste avec les coordonnées de sa famille et de ses connaissances et amis. Elle nous sera utile dans notre enquête. Vous pourriez nous la ramener au commissariat de police cet après-midi vers 14 h 30 ? Nous vous ferons signer votre déposition en même temps.

— D'accord. Vos collègues ont déjà pris mes empreintes. J'ai dû leur donner également les références des comptes bancaires. Ils vont aussi analyser notre ligne fixe et nos portables. Je ne comprends pas, est-ce que vous me soupçonnez ?

— Monsieur Laville, répondit Marc, nous ne faisons que notre travail, ne vous inquiétez pas. Quand on aura écarté toutes les fausses pistes, il ne nous restera plus qu'une, la bonne, et nous trouverons l'assassin de votre femme. Soyez sans crainte ! Si vous êtes innocent, nous le prouverons !

— Au revoir Monsieur Laville, à cet après-midi.

— Le pauvre, s'exclama Raymond, il a l'air vraiment bien secoué !

— Tu sais, quand on a vécu de nombreuses années ensemble, c'est compréhensible. Marc regarda le clocher, il était midi.

— Bon que penses-tu d'aller déjeuner ensemble aujourd'hui, et si on allait manger à l'extérieur ? demanda Marc.

— Oh, quelle bonne idée, de toute façon Ghislaine travaille et j'aurai été seul à déjeuner, répondit Raymond. J'ai rencontré Ghislaine il y a trois semaines seulement.

— Oh, je suis content pour toi.

— Où veux-tu aller ? demanda Marc

— Et si nous allions déjeuner au *China Inn,* à Rumelange, qu'en penses-tu ? Le buffet ne coûte que 10 Euros.

— Bon d'accord, allons y. On sera de retour pour 14 h 30 au plus tard. On aura vite terminé !

— Nos enquêteurs se mirent en route vers la frontière franco-luxembourgeoise.

Le petit restaurant chinois marchait bien. Il y avait de nombreuses tables qui étaient déjà occupées. Il offrait également des mets thaïlandais. La serveuse les conduisit à une table au fond de la salle. A côté d'eux, sur le rebord d'une fenêtre se trouvaient un Bouddha, deux petits cierges qui étaient allumés ainsi que des plantes de bambous. Les enquêteurs commandèrent une grande bouteille d'eau minérale.

— Viens Raymond, on va se servir, cela a l'air délicieux !

Devant eux était dressé un buffet très copieux : Des nems, des rouleaux de printemps, diverses soupes, des salades, du poulet à la citronnelle, du canard, du bœuf, des nouilles sautées et comme dessert une tarte aux fraises et des litchis.

— Hum, cela m'a l'air rudement bon, rétorqua Marc. Les enquêteurs retournèrent à leur table.

— Alors dis-moi Marc, comment ça va avec l'histoire de ton divorce ?

— Oh, cela ne fait quatre mois que Clarisse m'a quitté pour un autre. Je commence à m'habituer. J'ai demandé la garde alternée. Apparemment elle n'y voit pas d'objection. La semaine où Damien sera chez moi, il ira chez sa nounou après l'école. Il a dix ans maintenant, le temps passe vite. Tu sais Raymond, je ne souhaite à personne ce que j'ai vécu. Je rentre du travail un peu plus tôt que d'habitude et je retrouve ma femme avec un inconnu dans notre chambre à coucher. J'ai crû que le ciel allait me tomber sur la tête ! Après 12 ans de mariage ! J'ai dû faire beaucoup d'erreurs certes, mais je ne m'attendais pas à cela. Sa liaison durait depuis un an avec Pierre, son amour de jeunesse. C'est ainsi ! Nous avons entrepris la procédure de divorce depuis 4 semaines et j'espère que cela ira vite !

– Allez Marc ne t'en fais pas, tu referas ta vie, dès que tu auras fait ton deuil de Clarisse. Tu es encore jeune.

– On verra, mais je pense que tu as raison. Et toi, à quand le mariage ? demanda Marc.

– Oh tu sais j'ai rompu avec Marjorie il y a trois mois. Nous avons vécu deux ans ensemble. Elle m'a quitté par ce que, soit disant, je faisais trop d'heures supplémentaires, mais bon, je sais qu'elle est en couple avec un autre homme. Elle le fréquentait déjà avant notre séparation. Je n'étais pas dupe. Passons, la vie continue. Je viens de rencontrer Ghislaine il y a trois semaines et on verra ce que l'avenir nous réserve.

– Raymond avait pris une soupe *Wan Tan* composée de raviolis chinois, comme entrée. Marc lui avait pris des Nems. Le serveur leur ramena une bouteille d'eau. Après une dizaine de minutes, ils retournèrent au buffet et choisirent du poulet, du canard et des scampis. On n'entendait plus que le cliquetis de leurs couverts. En dessert ils prirent des litchis. Soudain le portable de Marc se mit à sonner. C'était Christelle Lasalle, la médecin légiste.

— Allô Marc, désolé de devoir vous déranger pendant le déjeuner, mais j'ai trouvé de quoi est morte la victime. Elle a été empoisonnée à la ciguë. Je vous expliquerai dès votre retour au bureau.

— Très bien, c'est ce que nous soupçonnions dès le début. Le ou la meurtrière a voulu nous faire croire que la victime se serait suicidée, or tout de suite ce matin nous avons soupçonné un empoisonnement.

Après le déjeuner les enquêteurs se mirent en route pour le commissariat de Fontoy. Il était 13 h 30. Christelle était dans son laboratoire en train de manger un sandwich au poulet.

— Christelle, fit Marc, la prochaine fois, toi et tes collègues vous nous accompagnerez au restaurant à Rumelange ! D'accord ?

— Oui, bien volontiers.

— Alors voici ma conclusion : notre victime a été empoisonnée à la ciguë.

— C'est quoi, c'est une plante toxique ? demanda Raymond

— C'est une plante contenant de la cicutoxine, une substance qui peut provoquer une mort foudroyante à forte dose. L'absorption de feuilles de ciguë que l'on peut aisément confondre avec du persil, provoque trente minutes plus tard environ, des vomissements, des crampes abdominales, une paralysie des muscles. A forte dose s'ajoutent un état de léthargie, une paralysie de la langue, une détresse respiratoire et une mort par insuffisance rénale.

– Nous avons analysé le reste de la nourriture qui restait dans le réfrigérateur des époux. La victime avait certainement lavé le plat contenant le poisson et avait mis les restes dans un petit récipient fermé hermétiquement. Il y avait au menu des pommes de terre rissolées, du rôti de veau, des haricots, des carottes. Nous n'y avons rien trouvé de suspect. Sinon le mari et les autres personnes auraient eu également des problèmes. Mais d'après les dires de Monsieur Laville, sa femme a mangé du poisson, car elle n'aimait pas beaucoup la viande. Le poisson avait été préparé par leur femme de ménage. Personne d'autre n'avait touché au poisson, donc le poison mortel était bien dans le plat de la victime. Nous avons analysé les restes du poisson, c'était bien de la ciguë qui s'y trouvait. Mais le poison n'a pas agi tout de suite, car Marie avait dans le sang des traces d'un produit qui protège l'estomac. Je pense qu'elle souffrait de maux d'estomac récurrents. En pratiquant l'autopsie on a vu qu'elle avait un ulcère à l'estomac . Ce médicament a ralenti un peu l'effet du poison. Le plat qui contenait le poison mortel a été lavé. L'assassin n'a certainement pas remarqué que la victime avait mis les restes dans un récipient au réfrigérateur. Je ne pense pas que l'on y retrouve des empreintes laissées par le tueur. Ah, j'oubliais Christiane et Marine ont vérifié les comptes bancaires des époux. Elles n'ont rien trouvé d'anormal pour le moment ! Mais les recherches ne sont pas encore terminées et doivent être affinées !

— Merci, Christelle, répliqua Raymond.

Soudain on frappa à la porte. C'était Monsieur Laville qui tenait dans sa main la liste que les enquêteurs lui avaient demandée.

— Bonjour Monsieur Laville, dit Raymond. Merci d'être passé.

— Voici la liste avec les coordonnées des amis et de la famille Messieurs, trouvez vite celui ou celle qui a assassiné ma femme. Avez-vous déjà des nouvelles ?

— Votre femme a été empoisonnée à la ciguë. C'est une plante vénéneuse qui se trouvait dans le poisson que votre femme a mangé. Heureusement que personne d'autre n'y a touché.

— C'est atroce ! Nous n'avons rien remarqué quand elle était encore à table avec nous. Mais je ne comprends toujours pas, qui pouvait lui en vouloir à tel point. Marina, notre femme de ménage avait préparé ce plat pour ma femme. J'étais présent jeudi matin, quand elle l'a apporté. Ce n'est certainement pas un membre de ma famille, ni moi-même qui avons fait une chose pareille. Et ni Marina ? Elle appréciait beaucoup ma femme ?

— C'est à nous d'en juger, Monsieur Laville, rétorqua Marc. Nous allons procéder par élimination. Si votre famille et Monsieur et Madame Della Chiesa sont innocents, nous le prouverons, pas d'inquiétude. Merci pour la liste.

– Quand pourrais-je disposer du corps de mon épouse, s'il vous plaît ?

– Nous vous avertirons dès que l'autopsie sera complètement terminée. Cela peut prendre encore un ou deux jours. Si vous avez besoin de soutien, voici un numéro de téléphone où l'on pourra vous aider.

– C'est très gentil. Merci. Je suis seul, nous n'avions pas d'enfants. A part mon frère et ma belle-soeur je n'ai pas de famille dans le coin. Au revoir Messieurs !

Marc et Raymond jetèrent un coup d'oeil sur la liste. Elle contenait les noms et adresses de:

– Robert Laville, le frère de Jean
– Monique Laville, la belle – sœur de Jean
– Marina Della Chiesa, la femme de ménage des Laville
– Bruno Della Chiesa, l'époux de Marina
– Charlotte Remy, la vice-présidente du club canin, amie des Laville
– Johan Remy, le trésorier du club, ami des Laville et
– Fanny Santini, la secrétaire du club, amie des Laville

– Bon, fit Marc, mettons-nous au travail. C'est étrange, le ou la meurtrier(e) savait que Madame Laville allait manger du poisson ce soir là. Je vais appeler Robert et Monique Laville. On va se rendre chez eux dès que possible. Ensuite, nous nous occuperons des autres personnes qui figurent sur cette liste.

– Allô, Monsieur Laville. C'est le commissariat de Fontoy. Je suis le commissaire Marc Schmitt. Mon collègue Raymond Müller, et moi-même aimerions passer chez vous pour vous poser quelques questions !

– Oui, bien sûr, mon frère nous a appelé ce matin. C'est affreux. Nous sommes à la maison. Vous avez notre adresse ?

– Oui, répondit Marc, c'est au 20, rue des Lilas à Fontoy !

Une dizaine de minutes plus tard les enquêteurs arrivèrent au domicile des Laville. C'était une belle demeure bien entretenue du début du 20ième siècle. Une glycine s'accrochait sur ses murs. Un jardinier était en train de tondre la pelouse.

– Bonjour Messieurs, veuillez entrer s'il vous plaît ! Les enquêteurs étaient stupéfaits ! En face d'eux se tenait le frère jumeau de Jean Laville, Robert. Ce dernier avait les yeux emplis de larmes. Il était légèrement plus dégarni que son frère.

Ils se dirigèrent vers le salon.

– Voici mon collègue, Raymond Müller, commissaire, je suis, Marc Schmitt. Nous vous présentons nos sincères condoléances pour votre belle – soeur.

– Je ne puis m'imaginer qu'on ne verra plus Marie. C'est horrible. Qui pouvait lui en vouloir à ce point ? Mon frère m'a appelé, apparemment elle aurait été empoisonnée à la ciguë. Incroyable !

– Oui, répondit Marc, le poison était dans son poisson, c'est une chance que personne d'autre n'y ait touché ! Connaissez-vous la provenance de ce poisson ?

– Oui Madame Della Chiesa, sa femme de ménage, l'avait préparé pour Marie.

– Mais je ne puis m'imaginer que cette brave femme ait voulu la mort de ma belle – soeur. C'est insensé, rétorqua Laville. Elle est très gentille et avenante.

– Est-ce que votre belle – soeur avait des ennemis, Monsieur Laville ? Semblait-elle soucieuse ces derniers temps ?

– Maintenant que vous le dites, oui, hier soir elle était pensive, moins joyeuse que d'habitude. Elle m'a dit qu'elle devait vérifier quelque chose qui l'intriguait au club canin. Ensuite nous avons continué notre discussion et elle m'a parlé du voyage qu'elle s'apprêtait à faire avec mon frère.

– Merci pour ces informations.

– Est-ce que nous pourrions également interroger votre épouse ?

– Bien sûr, je vais l'appeler. Un instant je vous prie.

Monique était une belle femme d'une quarantaine d'années. Elle sourit quand elle serra la main des enquêteurs. Une larme coulait le long de sa joue.

– Bonjour Messieurs, est-ce que vous désirez une boisson, il fait très chaud ?

— Oui un verre d'eau, s'il vous plaît, répondit Marc. Merci !

— Pour moi également. Merci Madame !

— Je me présente, je suis le commissaire, Marc Schmitt, voici mon collègue Raymond Müller.

— Que pouvez-vous nous dire au sujet de votre belle-sœur ?

— Est- ce que quelqu'un lui en voulait ? Est-ce qu'elle gênait quelqu'un ? Même un détail anodin pourrait nous aider ?

— Mon mari et moi y avons pensé tout à l'heure. Marie n'était pas dans son assiette effectivement. Elle a dit qu'elle devait vérifier quelque chose qui « clochait » au club canin. Elle semblait « absente » pendant le dîner. Mon mari l'a aidé à la cuisine, mais elle ne lui a rien dit de concret. C'est étrange, car ils s'entendaient bien !

— Mais comment est-elle morte ? Mon beau-frère nous a dit quelle aurait été empoisonnée à la ciguë !

— Oui c'est exact Madame Laville.

— S'il vous revenait en mémoire un détail, même insignifiant, n'hésitez pas à nous en faire part : voici ma carte de visite.

— Pourriez-vous passer tous les deux vers 19 heures au commissariat de police. Nous devons relever vos empreintes. Et vous devrez signer votre déposition. Merci.

— Bien sûr pas de soucis, nous viendrons ce soir.

— Au revoir Messieurs !

Les enquêteurs s'éloignèrent du domicile des Laville et remontèrent dans la voiture.

– Je suggère que l'on passe chez Madame Della Chiesa. Elle pourra peut être nous en dire un peu plus sur la victime ! Elle habite à Hayange, ce n'est pas très loin. J'espère qu'elle est à la maison. Attends, une minute, je vais l'appeler, dit Marc.

– Bonjour Madame Della Chiesa. Marc Schmitt du commissariat de Fontoy. Est-ce que mon collègue et moi pouvons passer chez vous, nous aurions quelques questions à vous poser ?

– Bonjour Monsieur, fit une voix craintive. Est-ce au sujet du meurtre de Madame Laville ? Son mari m'a appelée il y a une heure pour m'annoncer le décès de sa femme. Venez, mon mari et moi nous vous attendons.

Le clocher de Fontoy affichait quatre heures. Les commissaires se mirent en route vers Hayange. Il ne leur fallut que quelques minutes pour arriver devant la demeure des Della Chiesa. Marina était en train de ramasser de la salade dans le petit potager. Bruno, son mari, cueillait des tomates.

– Bonjour Messieurs. Veuillez entrer, fit Marina.

Les enquêteurs se présentèrent. Elle leur offrit un verre de jus d'orange.

– Est-ce que vous avez remarqué quelque chose de particulier ces derniers temps , demanda Marc ? Est-ce que Madame Laville était comme d'habitude ?

– Oui, j'avais remarqué que quelque chose la tracassait, car elle n'était pas à son aise. Quand je lui ai posé une question, elle m'a répondu qu'être présidente du club canin n'était pas de tout repos.

— Est-ce bien vous qui aviez apporté le poisson qu'elle a mangé hier soir ?

— Pourquoi ? Oui c'était moi.

— Madame Laville a été empoisonnée à la ciguë. Quelqu'un a mis du poison dans son dîner ! !

— Mais ce n'est pas moi, je le jure sur la tête de mon mari. Mon Dieu ! Madame Laville était toujours très gentille avec moi. Elle n'aimait pas trop la viande, alors je lui avais préparé du poisson pour le soir. Pourquoi aurais-je fait une chose pareille ?

— Madame Della Chiesa, est-ce que quelqu'un était présent quand vous avez remis le met à Madame Laville ? Rappelez-vous ? Est-ce que votre mari vous a accompagné ?

— Non, il n'y avait que son mari quand je lui ai remis le poisson jeudi matin ; elle m'avait dit qu'elle adorait le filet de colin à la sauce blanche. Ensuite Monsieur Johann Remy, le trésorier, est venu. Quand j'ai commencé le ménage, Madame Laville et Monsieur Remy sont allés en face au club. Madame Laville et Monsieur Remy semblaient agités ! Avant de partir Madame Laville a mis le poisson au réfrigérateur, je m'en souviens encore.

— Quant à mon mari, il était absent quand j'ai préparé le plat de Madame Laville. Ah lui et sa pétanque, enfin, il faut bien qu'il s'occupe !

– Bien, c'est tout Madame Della Chiesa. Ne quittez pas Hayange. Auriez-vous l'amabilité de venir signer votre déposition demain matin à 9 heures au commissariat de Fontoy, s'il-vous-plaît ? Nous devrons également faire un relevé d'empreintes. Ne vous inquiétez pas outre mesure, c'est pour le besoin de l'enquête. Ce serait bien que votre mari vous accompagne, nous allons relever également les siennes.

– D'accord nous viendrons. Mais pensez-vous toujours que j'ai assassiné Madame Laville ? Je vous assure que je suis innocente, je le jure !

– Madame Della Chiesa, nous devons mener une enquête, et pour l'instant rien ne vous accuse, mais rien ne vous innocente. Nous devons faire notre travail. Je suis convaincu que si vous nous avez dit la vérité, votre innocence sera prouvée. Ne vous inquiétez pas. A demain Madame !

– Tu penses vraiment qu'elle est mêlée à cette affaire ? demanda Raymond.

– Je ne pense pas, elle n'a pas la tête d'un assassin, mais nous devons suivre toutes les pistes, rétorqua Marc.

– Bon, fit Raymond, qui allons nous interroger maintenant ?

– Nous allons chez Monsieur et Madame Remy, le trésorier et la vice-présidente du club. Ils pourront peut-être nous en dire un peu plus sur le mobile du crime.

Apparemment le ménage de notre victime marchait bien. Elle semblait également bien s'entendre avec son beau-frère et sa belle-sœur. Enfin, si tout le monde nous a dit la vérité, c'est encore à vérifier ! Je me demande qui a mis le poison dans son dîner. Nous le saurons après avoir éliminé toutes les fausses pistes.

— Je vais appeler les Remy, rétorqua Raymond.

— Allô, ici le commissaire Raymond Müller de Fontoy ! Pouvons nous passer vous voir maintenant. Nous aimerions vous poser quelques questions sur la mort de votre présidente du club canin.

— Comment ? Marie est morte, quelle horreur ? Donc il ne s'agit pas d'une mort naturelle, sinon la police ne nous appellerait pas, fit une voix d'homme. Venez ma femme est ici avec moi, nous vous attendons. Vous avez notre adresse ?

— Oui Monsieur Remy, vous habitez bien au 15, rue du Pont à Knutange ?

— C'est exact !

— Nous serons chez vous dans quelques minutes. Merci.

Marc regarda sa montre il était 17 h 30. Soudain son téléphone se mit à sonner. C'était Damien !

— Allô, papa, tu rentres à quelle heure ? Je suis chez maman, elle voudrait m'emmener chez toi ?

— Salut Damien, là on enquête sur un meurtre, je devrai travailler même demain samedi. Je suis navré, mon coeur. C'est plutôt rare d'avoir à élucider un meurtre ici, mais bon c'est ainsi. Mais je ne travaillerai pas dimanche, alors on fera ce que tu voudras, cinéma, football, handball, hockey, ou Mc Donald's comme tu voudras, tu choisiras.

– Oh, papa c'est dommage, j'étais tellement content de venir chez toi, mais je comprends que tu ne puisses pas faire autrement. Tu viendras me chercher chez maman samedi soir, ensuite je choisirai le programme de la fin du week-end. Je te passes maman, un moment. Bisous papa, je t'aime fort !

– Moi aussi Damien. Allô Clarisse, ça va ? Désolé, Raymond et moi sommes sur un meurtre. La présidente du club canin de la Fensch s'est faite assassiner. Je regrette, je ne peux pas récupérer Damien ce soir, car demain on travaille. J'ai, enfin, nous avons Madame la Procureure sur le dos. On finira tard ce soir.

– Tu aurais pu nous prévenir avant, Marc ! Moi aussi j'ai ma vie et mes obligations ! Elle est bonne celle-là ! ! ! ! J'espère que cela ne se reproduira plus. Un coup de fil au moins, Non ?

– Tu as raison. Le meurtre a eu lieu dans la nuit de jeudi à vendredi, et là nous sommes en train d'interroger des témoins, désolé Clarisse, je n'y ai pas pensé, excuse-moi. J'étais absorbé par l'enquête. Je passerai samedi vers 20 heures chercher Damien. C'est la première et dernière fois que cela m'arrivera ?

– Bon ! A demain Marc.

Marc avait une petite larme qui coulait le long de sa joue. Raymond fit semblant de ne pas la voir.

– Ah, c'est compliqué avec Clarisse, mais bon elle a raison, j'avais complètement oublié Damien. C'est ce meurtre qui accapare toutes mes pensées !

Soudain le portable de Marc sonna.

– Allô, Bonjour Madame la Procureure ! Oui nous avançons sur l'enquête. Nous savons maintenant que Madame Laville a été empoisonnée à la ciguë. Le plat a été concocté par Madame Della Chiesa, la femme de ménage. Le mari de la victime était présent lorsqu'elle a ramené le poisson ainsi que le trésorier du club, Johann Remy. Nous avons déjà interrogé le mari, le beau-frère, sa femme, la femme de ménage et son mari. Nous nous apprêtions à aller voir les Remy qui sont respectivement vice-présidente et trésorier du club. Madame Laville semblait soucieuse. Quelque chose la tracassait au club canin. Voilà où en est l'enquête. Nous cherchons encore le ou les mobiles du crime. Tout est encore un peu flou pour le moment ! !

– Je vous remercie Messieurs. Dès qu'il y aura du nouveau prévenez-moi. Je suis également disponible demain, au cas où. Le maire de Fontoy, Monsieur Jean Schuster, m'a déjà appelé pour savoir où en était l'enquête. Je lui ai dit qu'elle suivait son cours et que c'était encore un peu tôt pour en tirer des conclusions.

– Pas de soucis, dès que nous aurons de nouveaux

indices, je vous appellerai, répondit Marc. Et puis nous ne sommes qu'au premier jour de l'enquête ! Au revoir Madame la Procureure.

– Merci Marc.

Raymond était en train d'appeler Ghislaine. Il lui expliqua que Marc et lui-même étaient sur un meurtre et qu'il allait rentrer tard. Il raccrocha.

– Alors que dit Ghislaine ?

– Oh rien, elle est compréhensive, Dieu merci. Tu sais elle est infirmière et travaille sur des postes. Donc, aucun souci, enfin pour l'instant. Il souria.

– Bon, fit Marc nous allons passer chez les Remy, ensuite nous rentrons au commissariat pour prendre les empreintes des Laville.

Dix minutes plus tard les enquêteurs se trouvèrent devant la demeure des Remy. Un basset vint à leur rencontre, suivi par Johann et Charlotte. Il remua la queue et aboya.

– Tranquille Charly, viens rentre fit Johann.

La maison datait de l'art nouveau. Elle était très bien entretenue. La façade avait été nettoyée et la toiture semblait rénovée.

– Bonjour Messieurs, veuillez vous donner la peine d'entrer.

– Bonjour, voici mon collègue Raymond Müller, commissaire, je suis Marc Schmitt, du commissariat de Fontoy.

– Que pouvez-vous nous dire au sujet de la victime, Madame Laville ?

– Est-ce qu'il y avait un souci au niveau du club canin ? demanda Marc.

– Oui, hélas, il manquait 400 euros dans la caisse. Charlotte et moi avions compté dimanche dernier, lors du tournoi d'agility à Thionville et tout était exact. La caisse, nous l'avions remise à Marie avec le décompte signé par moi et contre-signé par ma femme. Et Marie a revérifié. Elle l'avait enfermée dans son tiroir du club, nous n'avons malheureusement pas de coffre-fort. Elle avait remarqué mercredi soir, que quelqu'un avait ouvert le tiroir et qu'il manquait 400 euros. C'est pour cette raison qu'elle m'a fait venir chez elle, jeudi matin, répondit Johann. Elle était dans tous ses états !!

– Vous confirmez, Madame Remy ?

– Oui c'est exact.

– Qui avait la clef de la porte d'entrée du club ? demanda Raymond

– Marie, son mari, nous deux, et Fanny Santini bien sûr, la secrétaire du club.

– Combien d'argent liquide était censé se trouver dans la caisse, demanda Raymond ?

– 800 Euros, n'est-ce pas Charlotte ?

– Oui c'est exact.

– Est-ce que Madame Laville avait un soupçon jeudi matin quand elle vous a fait venir ? demanda Marc.

– Non, elle était bouleversée. Quelqu'un de malhonnête avait abusé de sa confiance, et cela elle ne le supportait pas, nous a t-elle dit.

– Réfléchissez bien, doutait-elle de quelqu'un ?

– Nous le pensons, mais ce n'était pas le moment de le lui demander, car elle était en rage !

– Où se trouvait la clef de Marie, celle qui ouvrait le fameux tiroir ?

– Normalement Marie l'accrochait à côté de son trousseau de clefs au mur de sa cuisine, répondit Charlotte.

– Donc, rétorqua Marc, théoriquement toutes les personnes qui venaient chez elle, auraient pu la substituer, son mari inclus.

– Oui c'est une hypothèse, mais bon je vois mal son mari ou un membre de sa famille voler de l'argent dans la caisse du club ! Pour quelle raison ? Et surtout pour 400 Euros ?

– Oh vous savez nous en avons déjà vu d'autres ! rétorqua Raymond.

– Vous permettez un instant, je vais appeler notre police scientifique. Merci.

Marc appela Christiane d' Huart.

– Allô Christiane, c'est Marc à l'appareil. J'ai de nouveaux éléments quant au meurtre de la présidente du club canin. Le tiroir du bureau a été ouvert. Quelqu'un a volé de l'argent dans la caisse. Avez-vous pris les empreintes sur le tiroir et sur la caisse ?

— Oui, nous avons relevé des empreintes sur le tiroir et la caisse, pas de souci, Marc. Nous avions remarqué que le tiroir avait été forcé. Toute la pièce a été passée au peigne fin. Et vous comment ça avance ?

— Oh lentement, nous terminons l'audition des témoins et nous avons encore des empreintes à relever à 19 heures. Demain nous continuerons et nous ferons signer le reste des dépositions aux témoins. Il nous manque encore le témoignage de Madame Santini, la secrétaire du club.

— Bonne chance à vous deux. Nous devons vérifier en outre quelques détails, ensuite nous rentrerons également. Dès que vous aurez pris les empreintes de tous les suspects, nous les comparerons avec celles que nous avons relevées au club. Nous les vérifierons également dans notre fichier central !

— Bien Christiane, à demain matin. Bonne soirée. Merci.

— Bonne soirée, Marc.

— Auriez-vous l'amabilité de passer au commissariat demain matin vers 10 heures pour signer votre déposition et pour un relevé d'empreintes ? demanda Marc aux Remy.

— Nous aurions besoin que vous signiez votre déposition et nous devons relever vos empreintes !

— Pourquoi nos empreintes, mais c'est insensé, répliqua Johann. Nous ne sommes pas coupables de vol et encore moins d'assassinat. Mais pour qui vous nous prenez ?

Il était rouge de colère.

Charlotte, elle resta muette et son visage ne trahit pas son émotion interne.

– Reste calme Johann, répondit-elle, ces Messieurs ne doivent faire que leur travail pour prouver que l'on est innocents !

– Votre épouse a raison, Monsieur Remy ; ainsi nous pourrons vous écarter de la liste des suspects. Ne vous inquiétez pas, c'est la routine.

– Bon, d'accord nous viendrons, fit-il d'un ton plus calme.

– Au revoir et à demain matin.

– Houlala, fit Raymond, tu as vu sa tête, j'ai crû qu'il allait exploser. Quel nerveux ce type ! Heureusement que sa femme a réussi à le calmer.

– Il est peut-être nerveux, mais ce n'est pas dit qu'il soit coupable, rétorqua Marc. Je peux même le comprendre. Viens nous allons passer au commissariat, les Laville ne vont plus tarder !

– Bonjour Madame, Bonjour Monsieur. Veuillez prendre place !

– Marc s'empressa de prendre les empreintes des époux Laville. Un silence glacial régna au commissariat de Fontoy. Marc rédigea la déposition. Dix minutes s'écoulèrent.

Il les rapporta de suite à Christiane d'Huart et Marine Cassoni qui étaient encore à leur poste.

– Tiens vous êtes encore là ? fit Marc d'une voix étonnée.

– Nous travaillons sur les empreintes du tiroir et de la caisse ; après nous partirons. Je vais les comparer avec celles que tu viens de me donner sur la caisse. Nous avons trouvé seulement des traces de sang de la victime. Il n'y avait pas de traces de lutte. Je pense qu'elle connaissait son (ou sa) meurtrièr(e) et qu'elle ne s'est pas méfiée, enfin, ne tirons pas de conclusions hâtives ! Demain matin nous rechercherons les derniers appels téléphoniques de Marie.

– Merci à toi, Christiane. Merci Marine, demain matin nous convoquerons la dernière personne affectée au club, Fanny Santini, la secrétaire. Je vais l'appeler dès que nous aurons terminé l'audition des témoins.

Il retourna dans son bureau.

– Est-ce que vous voulez bien signer votre déposition ? dit Marc. Merci.

– Encore une question, Monsieur Laville, étiez-vous au courant du vol des 400 Euros dans la caisse du club canin ? Saviez-vous où se trouvait la clef du tiroir ?

– Non, fit Laville, ma belle-sœur semblait contrariée comme nous vous l'avons expliqué mais ni ma femme, ni moi n'étions au courant de ce vol ! Et pour la clef, j'ignorais où Marie l'avait mise.

– Je confirme les dires de mon mari ; à moi elle n'avait rien dit non plus !

Soudain Christiane entra dans le bureau d'audition et demanda à voir Marc. Deux minutes plus tard il était de retour.

– Madame Laville, je pense que vous ne nous avez pas dit toute la vérité !

– Comment cela, qu'insinuez-vous ?

Son visage était livide !

– Notre police scientifique a identifié vos empreintes à l'instant sur le tiroir et sur la caisse du club canin. Or vous n'y aviez aucune fonction ! Expliquez nous ? Il serait préférable de nous dire la vérité, ne croyez-vous pas ?

– Vous auriez dû mettre des gants, erreur fatale !

Monique rougit ! Son mari la fixa pétrifié !

– Oui j'avoue, c'est moi qui aie pris l'argent. Je savais où Monique avait accroché la clef. Je savais où se trouvait la caisse, car un jour quand j'étais au club, je l'ai vue y mettre de la monnaie et des billets. Je connaissais également les emplois du temps de Marie et Jean. Comme mon mari a un double de leur maison, il m'était facile d'aller chercher la clef et de dérober les 400 euros. J'ai des dettes de jeu, je suis désolée, mon mari n'en savait rien. J'ai pris la décision de me faire soigner, car cela ne peut pas continuer ainsi. Cela fait un an que je joue régulièrement au casino à Mondorf. J'ai vendu tous mes bijoux de famille. Mais je le jure, je n'ai rien à voir avec la mort de ma belle-sœur. Je n'aurais pas tué ma belle-sœur, même si elle avait tout découvert. Et certainement pas pour 400 Euros. Tout est de ma faute ! Je regrette.

– Etiez – vous seule quand vous partiez à Mondorf ? demanda Marc.

– Oui, pourquoi ?

– Ce n'est qu'une question, Merci !

– Quoi, mais qu'est-ce qui t'a pris, rétorqua Laville ? ? ? Nom d'une pipe, c'est incroyable, ma femme a une addiction au jeu, et moi je n'ai rien remarqué ? Toutes ces sorties avec tes amies .....maintenant je comprends mieux ! En fait tu allais jouer au casino. La piscine c'était le casino. Le restaurant c'était le casino. Tu me demandais toujours de l'argent, et moi je n'ai rien vu venir. Quel aveugle j'étais ! De quoi aurais-je l'air maintenant devant mon frère. Les bijoux je m'en fous, même s'il y en avait quelques uns que je t'avais offerts, mais l'argent ! ! ! ! Tu te rends compte dans quelle situation tu nous a mis ?

– Mon salaire à mi-temps ne suffisait plus, répondit Monique d'une voix presque inaudible.

– Vous savez le jeu est une addiction Monsieur Laville, je suis persuadé que votre frère va comprendre. Il a certainement d'autres soucis maintenant que ce vol de 400 Euros, rétorqua Marc. Je pense qu'il serait préférable que vous le lui disiez vous-même et que vous vous arrangiez à l'amiable.

— Oui, en effet, merci pour le conseil, c'est ce que je vais faire. Et en ce qui concerne le meurtre de ma belle-sœur, Monsieur le Commissaire, je vous assure nous n'avons vu personne mettre quoi que ce soit dans sa nourriture.

— Je confirme, rétorque Monique d'un air abattu !

— Ne quittez pas la ville s'il vous plaît. Vous devez vous tenir à la disposition de la justice jusqu'à ce que cette enquête soit résolue. Si jamais il vous viendrait en mémoire, même un détail insignifiant appelez – moi, voici mon numéro de portable. Nous serons amenés à nous revoir. Merci !

— Entendu, je vais de ce pas voir mon frère, répondit Robert !

— Alors que te dit ton flair, demanda Raymond ?

— Pourquoi ne les as-tu pas arrêtés ?

— Je ne crois pas qu'ils soient coupables de meurtre, mais bon je peux me tromper. Le mari semblait vraiment étonné de n'avoir rien vu au sujet de l'addiction de sa femme. Soit, mais pour 400 Euros on ne tue pas quelqu'un ! Ce n'est pas cela le mobile du crime. J'en suis presque certain. Bon, je vois il est presque 20 heures. Il est temps de rentrer. Je vais juste téléphoner à Madame Santini. Au revoir Raymond, bonne nuit.

— Au revoir Marc, bonne nuit, à demain !

— Allô, Madame Santini, ici le commissariat de Fontoy, Marc Schmitt.

— Bonsoir Monsieur Schmitt.

— Je vous appelle au sujet du meurtre de Madame Laville, votre présidente du club canin. Est-ce que vous pourriez passer à 10 heures au commissariat de Fontoy demain matin ? Nous aurions besoin de vous interroger !

— C'est horrible, ils ont annoncé la mort de notre présidente sur France Bleu Lorraine Nord à midi. J'ai appelé son mari. Il m'a expliqué que c'était un meurtre et non un suicide et que la police était en train d'enquêter !

— Oui, c'est exact Madame !

— D'accord je vais passer demain matin à 10 heures. Au-Revoir !

— A demain Madame Santini. Merci !

Marc se dirigea vers sa voiture. Il était pensif. Le vol était bien élucidé, mais quel pouvait bien être le motif de cet empoisonnement ? Cette sombre histoire le tracassait !

Il se dirigea vers sa maison au 14, rue des Jonquilles à Fontoy. Le gazon avait été fraîchement tondu la veille. Son allée bordée de vivaces et de fleurs aux tons multiples était une merveille. Marc avait la main verte. Sa maison lui semblait tellement vide depuis le départ de sa femme, Clarisse et de son fils Damien. Mais il ne devait pas sombrer dans le désespoir. La vie devait continuer. Il devait se reconstruire absolument. Heureusement que lui et Clarisse étaient tombés d'accord pour la garde alternée de Damien. Il s'en voulait de ne pas avoir pensé à lui. Il sortit de son réfrigérateur du saucisson lorrain, du beurre et des cornichons. La cafetière était déjà enclenchée. Ensuite il mit une lessive en route. Heureusement qu'il avait trouvé une femme de ménage, Angélique, une voisine qui l'aidait. Elle venait 5 heures par semaine pour l'entretien de la maison et le repassage. Il passa également, avant 21 heures, un coup de fil à Damien qui était encore éveillé. Il s'excusa à nouveau et lui demanda ce qu'il voulait faire samedi soir. Son fils voulait aller manger au Mc Donald's et ensuite aller voir *PADDINGTON 2*. Et dimanche après-midi il aurait aimé aller voir un match de hockey à la patinoire de *Kockelscheuer*. Les Tornado's jouaient contre Reims. Il avait déjà acheté les billets avec sa mère. Marc était content car ainsi la fin du week-end était bien organisée !

A 21 heures il se mit devant la télévision. Sur Breizh il y avait un petit film avec Hercule Poirot qui se termina à 22 h 30. Il étendit la lessive et alla prendre sa douche. Marc se coucha vers 23 heures. Il avait du mal à s'endormir car ce meurtre accaparait toute son attention. Il mit le réveil sur 7 heures. Il s'endormit enfin aux environs de minuit.

Raymond entra dans son appartement sis au 15, rue des Fleurs à Fontoy aux environs de 20 heures. Il appela Ghislaine et lui demanda si elle voulait venir passer le restant de la soirée avec lui. Ce qu'elle fit bien évidemment. Il sortit

2 pizzas du congélateur pour les mettre au four. Un quart d'heure plus tard, Ghislaine était attablée avec lui.

— Alors, comment s'est déroulée ta journée aujourd'hui, Raymond ?

— Oh, assez dure, mais bon c'est le métier. Comme je te l'ai dit au téléphone nous travaillons sur une enquête liée à un empoisonnement. Tu sais je dois travailler demain.

— Oui, je m'en doute l'enquête doit avancer, je comprends. Moi aussi je dois faire des heures supplémentaires dans mon métier, ne te tracasses pas. Mais dis-moi qui a été assassiné ?

— La présidente du club canin de la Fensch. Le meurtrier a maquillé le crime en suicide, mais il a commis une erreur. La victime était gauchère, or il a mis le couteau dans sa main droite. Première erreur. La pauvre femme a été empoisonnée à la ciguë.

— Mon Dieu, à Fontoy il ne se passe jamais rien, et tout d'un coup un meurtre, sapristi ! On va se retrouver à la une du Républicain Lorrain ! C'est quoi la ciguë ?

— C'est une plante toxique !

— Et toi, comment s'est déroulé ta journée, ma chérie ?

— J'ai un patient qui est décédé aujourd'hui. Il était âgé de 45 ans seulement. Il était hospitalisé deux mois chez nous. Il est mort d'un cancer. De plus, ce matin une de mes malades a fait un arrêt cardiaque. Heureusement que le médecin a pu la ranimer à temps.

— Dis donc ce n'était pas de tout repos non plus.
— Non, en effet !
— Tu veux qu'on aille dîner demain soir ? demanda Raymond.
— Oui, j'aimerais bien, je suis du matin, alors cela irait, si ça va pour toi ?
— Je pense que l'on sera de retour au plus tard à 20 heures, donc je pourrais réserver soit au *Chat Rouge* soit au *Pepito,* qu'en penses-tu ?
— Oh, j'aimerais aller dîner mexicain, d'accord pour le *Pepito.*
— Bien, je vais réserver demain. Nous serons vite à Hayange demain soir après le boulot.
— Qu'est-ce qu'il y a à la télé ce soir ? demanda Ghislaine.
— Oh, je crois qu'il y a un film avec Fantomas, il ne dure pas trop longtemps.
— D'accord on y va.
Vers 22 h 30 les lumières s'éteignirent.

— Le lendemain à 8 heures tapantes, Raymond et Marc étaient au commissariat de police . Une petite pluie fine était en train de tomber. C'était le reste d'un orage. L'atmosphère était à nouveau respirable. Marc et Raymond rassemblaient leurs notes et les dactylographiaient afin de les faire signer par les témoins.
— Alors Marc, bien dormi ?

— Oh j'ai eu du mal à m'endormir, ce meurtre dont on ignore encore le mobile me prends la tête !
— Et toi ?
— Ghislaine est passée à la maison et après le dîner on a regardé la télé. Nous avons bien dormi. On ira dîner mexicain ce soir.
— Oh, c'est une bonne idée, moi je vais avec Damien au Mc Donald's ce soir, ensuite nous irons voir *Paddington 2* au Kinépolis à Thionville. Et pour dimanche c'est à la patinoire de la *Kockelscheuer* qu'on ira voir un match de hockey. Les *Tornados* jouent contre *Reims* ! C'est Clarisse qui a été acheter les billets !
— Mais c'est une excellente idée, cela va vous faire du bien à tous les deux, Marc.
— On tâchera de terminer aux environs de 19 heures, cela nous arrangera tous les deux et il fit un clin d'oeil à son coéquipier.
— C'est d'accord Marc !
Marine Cassoni entra.
— Bonjour Marine.
— Bonjour vous deux. Je vous amène la liste des derniers appels de la victime.
Elle la posa sur le bureau de Marc.
— Pour les empreintes, nous devons attendre la fin de vos investigations.
— Merci Marine, excellent travail. Avant midi vous aurez les empreintes de tous les suspects sur votre bureau.

Il manque encore celles de M. et Mme. Della Chiesa, des Remy et de Madame Santini

Soudain ils entendirent frapper à la porte.

— Bonjour Messieurs.

— Ah, Bonjour Madame, Monsieur Della Chiesa, veuillez prendre place.

Madame Della Chiesa avait les yeux cernés, son visage était très pâle.

— Voilà Madame, Monsieur, auriez-vous l'amabilité de relire le rapport et de le signer ? Prenez votre temps. Après cela nous serons obligés de vous prendre vos empreintes.

— Oh, je me sens comme une criminelle, fit Marina.

— Je suis très inquiet pour ma femme, vous savez elle n'a pas une bonne santé, et toutes ces vagues autour de ce meurtre abject ne sont pas très bonnes pour elle. Mais je sais que vous ne faites que votre travail, et rien de plus, Messieurs.

— Ne vous inquiétez pas Monsieur Della Chiesa, nous allons, et j'en suis certain, prouver son innocence, mais, comme vous dites, c'est la procédure. Voulez-vous un café ou un verre d'eau ?

— Non merci, firent les Della Chiesa.

— Je pense que dans l'affolement j'ai oublié de vous dire quelque chose. Cela me revient maintenant. Il y avait une voiture garée devant la porte des Laville avant que je ne termine le ménage ; j'étais en haut et je ne pouvais ni voir ni entendre ce qui se passait dans la cuisine et dans le salon. Je n'ai vu personne dans la voiture.

– C'était quoi comme voiture, de quelle couleur était-elle ?

– C'était une voiture de couleur grise. La marque, laissez-moi réfléchir, ah une Hyundai une Matrix. Ma cousine a la même. Elles ne sont plus commercialisées depuis un moment, m'avait-t-elle dit.

– Quand je suis descendue, environ trente minutes plus tard, la voiture avait disparu, et je ne me suis pas posé de questions. J'ai oublié par la suite, excusez-moi.

– Excellent, merci Madame Della Chiesa, cela prouve qu'il y avait encore quelqu'un chez Madame Laville à part son mari et Monsieur Remy.

Ils signèrent et Marc prit leurs empreintes.

– Au revoir Messieurs Dames, veuillez ne pas quitter la ville s'il vous plaît, nous aurions encore besoin de vous.

– J'ai presque terminé avec le rapport des Remy, dit Raymond.

– Super, merci, rétorqua Marc.

Quelques minutes plus tard, la porte du bureau s'ouvrit. C'étaient les Rémy.

– Bonjour Madame, Bonjour Monsieur, fit Marc.

– Veuillez prendre place ! Voulez-vous une boisson, il commence à faire chaud ?

– Non merci, firent les Remy.

– Puis-je prendre vos empreintes s'il vous plaît ?

— Oui bien sûr, répondit Charlotte.
— Et voici le rapport que nous avons rédigé ! Veuillez le lire et le signer ! Merci
— Encore une question, Monsieur Remy, quand vous étiez chez Madame Laville, avez-vous vu une Hyundai Matrix de couleur grise stationnée devant la porte de leur domicile ? Essayez de vous rappeler !
— Nous sommes partis au club avec Marie à cause du vol. En effet, quand nous étions arrivés près du local, j'ai entendu le bruit d'un moteur au loin. Je me suis retourné et j'ai vu effectivement qu'une voiture grise était stationnée devant la porte des Laville. Mais je ne puis vous dire quel était son passager.
— Nous vous remercions. Veuillez ne pas quitter la ville s'il vous plaît, nous serons peut-être amenés à nous revoir.
— Au revoir !

A peine les Remy étaient-ils sortis du commissariat que Madame Santini entra.

Elle portait des lunettes de soleil noires. Son eau de toilette aux essences orientales embaumait tout le bureau. Elle était vêtue d'un chemisier rayé bleu et blanc et d'un pantacourt bleu clair.

— Bonjour Messieurs !
— Bonjour Madame Santini, rétorqua Raymond. Veuillez prendre place.
— Désirez-vous un verre d'eau ?

— Oui ce serait gentil, je meurs de soif, avec cette chaleur ! Enfin ne nous plaignons pas, l'été est vite passé.

— S'il vous plaît Madame !

— Merci beaucoup.

Marc jeta un coup d'oeil par la fenêtre. Il n'en crût pas ses yeux. Devant la porte se trouvait la fameuse Hyundai grise.

— Excusez-moi Madame Santini, elle est bien à vous cette voiture, demanda-t-il ?

— Oui, pourquoi ?

— Des témoins ont vu votre voiture jeudi matin garée devant la porte des Laville.

— Oui, c'est exact, j'ai ramené le rapport de l'assemblée générale. En tant que secrétaire du club je suis responsable de la rédaction du courrier et des rapports. Jean m'a dit que Marie semblait soucieuse et qu'elle était au club canin avec Monsieur Remy. Je lui ai laissé le document et je suis partie de suite car je devais emmener mon fils, Richard à l'école. C'est affreux ce qui lui est arrivé, mais qui pouvait lui en vouloir à ce point ?

— C'est à nous de le découvrir Madame Santini.

— Que faisait Monsieur Laville, quand vous êtes entrée ? demanda Raymond.

— Hum, laissez-moi réfléchir, il m'a ouvert la porte. Il a d'abord lavé ses mains, et il a rangé un plat au réfrigérateur. Cela semblait être du poisson ! Après il m'a pris le rapport des mains et je suis partie.

– Merci pour cette information. Nous devons encore prendre vos empreintes Madame Santini, fit Marc.

– Mais pourquoi, vous me soupçonnez d'avoir empoisonné Marie ?

– C'est grotesque !

– Son visage était rouge pourpre.

– Madame, nous ne faisons que suivre la procédure d'une enquête criminelle, c'est notre travail. C'est tout. Si vous êtes innocente nous le prouverons, n'ayez crainte !

– Je vous demanderai un peu de patience, le temps de terminer le rapport pour que vous puissiez le signer, Merci.

– Quelques minutes plus tard Madame Santini partit.

– Alors, qu'en penses-tu, je crois que toi tu as déjà ta petite idée en tête, non ?

– Allez viens, oui nous allons partir au casino à Mondorf, répondit Marc.

– Quoi, il est 11 heures du matin et nous on va aller au casino, mais pourquoi ?

– Tout simplement, je ne crois pas que Monique Laville nous ait dit toute la vérité. J'ai un pressentiment qui me dit qu'elle n'était jamais seule quand elle y allait. Je veux en avoir le coeur net. C'est une très belle femme. J'ai un drôle de pressentiment !

– Quoi, pourquoi ? Mais comment cette idée t'es venue aussi subitement ? Je ne comprends plus rien, Marc ?

— Tu verras quand nous y serons, c'est Madame Santini qui m'a confirmé dans mes soupçons, mais je n'ai pas de preuves. Tu sais Raymond, les choses ne sont pas toujours ce qu'elles semblent être !

— Madame Della Chiesa nous a dit que Marie Laville avait mis le poisson dans le réfrigérateur, or Madame Santini nous a dit que, quand elle est entrée, Monsieur Laville s'était lavé les mains. Elle l'a vu également ranger le plat dans le frigo.

— Bon allons-y. J'espère que tu as raison.

— Nous mangerons sur place au JIMMY'S, c'est une brasserie pas trop onéreuse, ne t'inquiète pas.

— Trente minutes plus tard nos enquêteurs étaient sur place. Il y avait peu de monde aux tables de jeux, mais beaucoup de personnes aux machines à sous.

— Bonjour Madame, pourrions-nous parler aux croupiers, s'il vous plaît ? Nous menons une enquête au sujet d'un meurtre en Moselle, et aurions besoin d'un coup de main pour identifier une personne.

— Veuillez me suivre, pour le moment l'affluence est moyenne, vous pourrez poser vos questions ! répondit la réceptionniste.

— Merci c'est très aimable, Madame ! répondit Marc.

Marc et Raymond montrèrent les photos des époux Laville et de Jean Laville. Soudain un croupier s'écria :

— Oh, oui, je la connais cette dame. Elle venait souvent jouer aux tables.

— Mais le Monsieur qui l'accompagnait, hum ce n'est pas exactement celui-ci, mais il lui ressemble énormément. L'autre homme avait plus de cheveux.

— Marc lui montra la photo de Jean Laville.

— Oui, c'est bien celui-ci, qui accompagnait Madame.

— Est-ce que l'autre est son frère jumeau ?

— Oui c'est exact.

— Très bien, nous vous convoquerons à titre de témoin, Monsieur. ! ! !

— Je m'appelle Dorian Leclerc. A quelle heure dois-je venir, je suis libre à partir de 16 heures.

— Très bien Monsieur Leclerc. Essayez de venir pour 17 heures au commissariat de Fontoy.

— Ah, très bien, c'est sur mon chemin, j'habite à Knutange. A toute a à l'heure.

— Je suis scié, s'écria Raymond.

— Jean et Monique Laville étaient amants, rétorqua Marc.

— Ton flair ne t'as pas trompé !

— Jean Laville avait un mobile pour se débarrasser de sa femme, Raymond !

— Mais Robert Laville également, Marc !

— Hum, je pense qu'il ne savait pas tout sur sa femme celui-là.

Soudain le portable de Marc sonna. C'était Christiane.

— Marc, écoute nous avons revérifié les comptes des Laville. Monsieur Jean Laville avait un compte offshore.

On a contacté la brigade financière, car de son compte bancaire il avait fait deux virements de 25.000 Euros sur un compte étranger. Cela nous semblait louche. Les contrôleurs fiscaux nous enverront leur rapport. Le directeur de la banque *CAMAT* viendra cette après-midi faire sa déclaration. C'est l'employeur de Jean Laville.

— Merci Christiane. Nous pensons que Jean Laville a assassiné sa femme ; il avait comme maîtresse sa belle-sœur. Il avait un mobile de taille ou peut-être deux mobiles ! Vous avez fait toutes les deux du bon travail.

— Tu crois que les preuves suffiront pour l'inculper ? demanda Raymond.

— Ecoute, j'ai ma petite idée, je pense que le maillon faible est sa maîtresse. Je pense qu'elle le couvre, mais on va essayer de la faire avouer !

— Jean Laville sera probablement inculpé pour escroquerie sans aucun doute, mais pour l'assassinat cela sera plus difficile à prouver, car pour l'instant je ne m'appuie que sur des hypothèses. Rien ne prouve qu'il a empoisonné le plat de sa femme, même si Madame Santini l'a vu le mettre au réfrigérateur au moment de la remise des documents. C'est un peu mince comme preuve. Il faudra en trouver de plus solides.

— On va manger un encas en vitesse et ensuite nous irons chez Robert Laville, interroger son épouse une deuxième fois. Le pauvre je le plains ! ! ! Elle l'a trompé deux fois ! ! Je vais vérifier à table s'il y a des appels passés par Madame Laville avant sa mort.

Marc sortit la liste de son porte-feuille.

– Je ne vois personne de suspect sur cette liste. Elle ne nous apportera rien de plus.

Une heure plus tard les enquêteurs étaient au domicile de Robert Laville et de son épouse Monique.

Monique ouvrit la porte. Elle changea de couleur !

– Bonjour Messieurs, que se passe-t-il ?

– Pourrions-nous rentrer s'il vous plaît, nous aurions encore quelques questions à vous poser ? demanda Marc.

– Oui bien sûr, je vous en prie !

– Madame Laville, je pense que vous ne nous avez pas tout dit !

– Comment cela, est-ce que vous insinuez que je vous ai menti ? J'ai avoué le vol, mais jamais de la vie je n'avouerai un meurtre que je n'ai pas commis !

– Vous ne nous avez pas dit que vous entreteniez une liaison avec votre beau-frère. Nous avons interrogé un témoin fiable au casino à Mondorf qui vous a formellement identifiée ainsi que Jean Laville.

– Quoi, mais ce n'est pas vrai !

– Madame Laville, c'est inutile de nier, le témoin était formel. Nous pourrons même demander les cassettes de vidéo-surveillance du casino. N'essayez plus de faire entrave à une enquête en cours, et ne couvrez surtout pas le meurtrier de votre belle-sœur, car vous serez inculpée également pour complicité de meurtre. Si vous avez un avocat appelez le et avertissez ensuite votre mari. Par après vous prendrez quelques affaires, car nous allons vous placer en garde à vue. Vous pouvez choisir de garder le silence Tout ce que vous direz à partir de maintenant pourra être retenu contre vous.

Monique était en larmes.

— Je vais appeler mon avocate, maître Rachida Ben Sousan et mon mari.

Elle revint quelques minutes plus tard.

— Mon avocate va venir au commissariat.

— Nous pouvons y aller, je suis prête.

Quelques minutes plus tard les enquêteurs ainsi que Monique arrivèrent au commissariat. Son avocate arriva en même temps.

— Bonjour Messieurs, je suis maître Ben Sousan, pourrais-je m'entretenir avec ma cliente quelques minutes, avant que vous ne l'interrogiez ?

— Bien sûr maître, faîtes, prenez ce bureau, notre collègue Germain est parti en vacances pour le moment.

10 minutes plus tard Monique et son avocate sortirent du bureau.

— Mon avocate m'a conseillé de dire la vérité. Peut-être que la justice sera plus clémente envers moi !

— Madame, ce n'est pas à nous d'en juger, car il y aura un procès, mais si vous nous dites toute la vérité, il en sera tenu compte, bien sûr !

– Oui, j'avoue que j'entretenais une liaison avec Jean. C'était mon premier amour ! Le coeur et la raison sont deux choses complètement différentes. Robert était plus réservé et plus constant que Jean. Il avait les pieds sur terre. Quand Jean a connu Marie, nous avons rompu. Ensuite j'ai épousé Robert. Cela fait un an que Jean et moi nous sortons ensemble. Il voulait refaire sa vie avec moi, il en avait déjà parlé à Marie je pense, enfin c'est ce qu'il m'a laissé entendre. Mais Marie n'était pas d'accord pour divorcer. La maison aurait dû être vendue, car ils étaient mariés sous le régime de la communauté. Marie aimait cette maison, c'était la maison de ses parents. Quand on a dîné ensemble j'ai trouvé bizarre qu'elle ne dise rien, je me suis demandé si Jean l'avait bien mise au courant ! J'avais des doutes. Elle était accablée par le problème au club canin. J'ai senti que Jean m'avait menti. Je sais qu'il ne supportait plus de vivre avec son épouse. Je vous assure que je n'étais pas au courant qu'il voulait assassiner sa propre femme. J'aurais quitté mon mari, oui, mais Jean, je ne suis pas sûre qu'il avait envie de rompre avec Marie. Je ne voudrais en aucun cas être inculpée pour complicité de meurtre. J'ai volé oui, j'ai trompé mon mari, mais je ne savais rien des plans machiavéliques de Jean ! Je n'aurais jamais accepté que cela se passe ainsi si j'avais été au courant !

– Saviez-vous que Jean avait un compte offshore ? Nous pensons qu'il a détourné de l'argent de son employeur pour faire ensuite des virements sur ce fameux compte qui lui a rapporté gros, rétorqua Marc.

— Non, je n'en savais rien. Jean me donnait souvent un petit « surplus » pour que je puisse jouer confortablement à Mondorf, c'est exact, mais j'ignorais qu'il détournait de l'argent, je vous assure !

— Ce sera tout merci Madame Laville. Pour l'instant vous resterez en garde à vue, car vous devrez comparaître devant le juge d'instruction du tribunal de Thionville aujourd'hui en tant que témoin dans une affaire de meurtre. Après vous serez remise en liberté jusqu'au procès final.

— Je vous remercie Messieurs. Je me sens mieux maintenant. J'espère que vous vous trompez sur Jean !

— Agent veuillez conduire Madame en cellule. Je dois appeler le juge d'instruction. Ensuite vous l'emmènerez à Thionville quand je vous donnerai le feu vert !

— Bien monsieur le commissaire.

Raymond regarda le clocher de l'église. Il était 15 heures. Les enquêteurs entendirent frapper à la porte.

— Bonjour, ma femme m'a appelé, il paraît qu'elle est en garde à vue, mais pourquoi vous acharnez-vous ainsi contre elle, fit un Robert Laville hors de lui ?

— Monsieur Laville, veuillez prendre place, nous avons des choses importantes à vous révéler, répondit Marc. Mais d'abord veuillez vous calmer. Merci !

— Mais quoi donc ? J'ai ramené l'argent à mon frère. Il n'a rien dit, mais semblait accaparé. Je l'ai laissé tranquille.

– Monsieur Laville, votre femme est la maîtresse de votre frère. Votre frère est soupçonné de détournements de fonds par son employeur, la banque *CAMAT*. Jean est également accro au jeu. Nous le soupçonnons d'avoir assassiné sa propre femme. Peut-être avait-elle découvert l'infidélité de Jean ou bien l'escroquerie de taille de son mari. Je suis désolé pour vous, je sais que ce n'est pas facile de digérer tout ceci.

Robert Laville devint blême !

– J'avais confiance en Monique, je savais qu'elle avait un grand cercle d'amies. Elle était absente une ou deux fois par semaine pendant trois ou quatre heures après le dîner. Moi j'étais à la salle de sport deux fois la semaine. J'étais loin de m'imaginer que ma femme était accro au jeu et en plus qu'elle me trompait avec mon frère jumeau. C'est comme un château de cartes qui s'écroule pour moi. Est-ce tout, là je dois me ressaisir. Comme quoi on ne connaît jamais assez la personne avec laquelle on partage sa vie.

– Vous pouvez partir Monsieur Laville. Veuillez ne pas téléphoner ou prévenir votre frère, car vous risqueriez d'être accusé de complicité de meurtre.

– N'ayez crainte, je ne veux plus jamais le revoir. Assassiner sa propre femme. Sans parler du coup de poignard dans le dos ! Incroyable ! Au revoir Messieurs.

Soudain quelqu'un ouvrit la porte.

– Bonjour Messieurs, je suis Gilbert Huiliez, le directeur de la banque *CAMAT*. Votre brigade financière m'a appelé en me disant de me présenter au commissariat de Fontoy.

— Bonjour Monsieur Huiliez, veuillez prendre place ! Merci.

— Monsieur Huiliez parlez-nous un peu de Monsieur Jean Laville ?

— Jean travaille chez nous depuis dix ans. Je n'ai jamais eu à me plaindre de lui.

— Saviez-vous que Jean avait détourné 50.000 Euros pour les virer sur son compte offshore ?

— Quoi, c'est impossible !

— Et bien si regardez, nous en avons les preuves.

— Incroyable, quel faux jeton. Mais de toute façon les contrôleurs vont venir la semaine prochaine, je suis persuadé que tôt ou tard il aurait été démasqué.

— Notre brigade financière va essayer de vous restituer les 50.000 Euros ou de ce qui en reste, dès que l'enquête sera close, répondit Marc.

— Merci Messieurs. C'est très aimable, c'est l'argent de nos clients. Quel toupet ! !

— On essayera de faire vite Monsieur Huiliez. Ce sera tout. Merci !

— Bon, il ne nous reste plus qu'à aller chez Laville, fit Marc. C'est une autre paire de manches !

— Bonjour Monsieur Laville, pourrions-nous vous parler encore une fois ?

– Oui, bien sûr mais je vous ai déjà tout dit ! rétorqua Jean.

– Nous n'en sommes pas si sûrs, répondit Marc.

– Comment cela, je ne comprends pas.

– En enquêtant sur l'assassinat de votre femme, nous avons fait également des recherches sur vos comptes bancaires respectifs. Nous avons trouvé que vous détourniez des fonds de la banque *CAMAT,* votre employeur. Nous avons pu identifier deux virements que vous avez fait sur un compte offshore d'un montant total de 50.000 Euros. Pour ce délit le brigade financière viendra vous interroger.

Laville blêmit. Il commença à transpirer. Il baissa les yeux.

– De plus nous savons que vous entretenez une liaison avec votre belle-sœur. Vous aviez promis à Monique de quitter votre femme pour elle. Mais il n'en fut rien. Votre femme ne voulait pas divorcer, car elle n'avait pas envie de partager ses biens avec vous, n'est-ce pas ?

– Oui c'est vrai j'entretiens une liaison avec ma belle-sœur, et mon frère ne se doute de rien. C'est peut-être contre toute moralité, mais ce n'est pas un crime que je sache ! répondit-il d'un ton arrogant.

– Non, mais vous aviez deux motifs de taille pour supprimer votre épouse, Monsieur Laville ! Car sachez que dans un assassinat nous recherchons toujours à qui profite le crime !

– Le premier motif est que votre femme savait que

vous la trompiez, je pense. Le deuxième motif est celui de vos transactions illégales ! Elle voulait peut-être vous dénoncer ? C'est également un motif ! Et nous avons un témoin qui a vu votre épouse mettre le plat de poisson dans le réfrigérateur.

– Le second témoin vous a vu en train de vous laver les mains et ranger le poisson dans le frigo. Je vous assure on va retourner votre maison une seconde fois pour prouver nos dires. C'est vous qui avez mis une dose mortelle de ciguë dans le dîner de votre épouse. Si vous n'avez pas l'intention de coopérer, ce que je vous conseille vivement, nous pourrions continuer l'interrogatoire au commissariat ! rétorqua Marc

– Nous n'allons plus vous lâcher !
– Je vais appeler mon avocat, maître Jean Nestor.
– Faîtes donc !
– Il va arriver dans un quart d'heure.
– Monsieur Laville, nous vous arrêtons pour le meurtre de votre femme Marie. Votre première erreur fut de lui avoir mis le couteau dans la mauvaise main ! Nous y avons trouvé des empreintes partielles, et nous avons découvert qu'il s'agissait des vôtres. Le récipient qui contenait le poisson est également une pièce à conviction avec les mêmes empreintes partielles. Tout vous accuse Monsieur Laville ! Vous pouvez garder le silence si vous le souhaitez. Tout ce que vous direz à partir de maintenant pourra être retenu contre vous !

– Je ne dirai plus rien sans mon avocat. Ce ne sont que des accusations mensongères, vous n'avez aucune preuve ! répondit Laville d'un ton sec et arrogant.

Dix minutes plus tard maître Jean Nestor arriva. Il s'entretint avec son client pendant une dizaine de minutes.

– Bon fit un Laville cassé. Mon avocat m'a conseillé de coopérer avec la justice ce qui m'évitera peut-être la perpétuité !

– Ce n'est pas à nous d'un juger, répondit Raymond, car c'était bel et bien un crime prémédité !

– Oui, ma femme était au courant de mon addiction au jeu et de ma liaison. Monique et moi étions faits l'un pour l'autre depuis le début de notre histoire. Ma femme ne voulait pas divorcer, car elle ne voulait pas partager ses biens. Mais moi je voulais épouser Monique. Elle voulait quitter également son mari, mon frère Robert.

– Marie m'avait suivi un soir au casino à Mondorf et elle a vu également Monique. Elle me l'a dit plus tard. Elle était au courant des détournements et elle voulait que je me rende à la justice. Elle avait découvert mon compte offshore ! Quel idiot, elle savait mes mots de passe, je les avais mis dans le tiroir de mon bureau !

– Monsieur Laville, sachez que le crime parfait n'existe pas !

– Votre belle-sœur prétend que votre femme n'a rien montré et rien dit le soir du dîner. Cela la tracassait car elle s'attendait à une réaction violente de sa part. Elle croyait que vous n'aviez rien dit à Marie. Vous prétendez le contraire. C'est quoi la vérité alors ?

— Ma femme voulait nous faire souffrir. J'en avais assez de cette pression. Je n'en pouvais plus. C'est moi qui ai empoisonné ma femme. Je ne voulais pas qu'elle me dénonce pour l'extorsion de fonds. Je ne l'ai pas tué pour épouser Monique, mais je voulais garder mon emploi, aussi stupide que cela puisse paraître ! Vous êtes satisfait maintenant ? Il foudroya du regard Marc, qui ne broncha pas.

— Veuillez nous accompagner au commissariat, Monsieur Laville.

— Maître Nestor, vous nous suivez s'il vous plaît !

— Oui, je prends ma voiture, j'arrive.

Une dizaine de minutes plus tard les enquêteurs arrivèrent au commissariat de Fontoy. Raymond rédigea le rapport et fit signer Jean Laville.

Marc s'empressa de téléphoner à Madame la Procureure, Hélène Keller.

— Allô Madame la Procureure, nous avons pu identifier le meurtrier !

— Oh, quelle surprise, et quelle réussite Messieurs, je vous félicite. Deux jours pour résoudre un meurtre, c'est du super rapide ! ! ! !

— Mais dites-moi Monsieur le commissaire, qui est-ce ?

— Le marie de la victime, Jean Laville. Il était l'amant

de sa belle-sœur et avait une addiction au jeu tout comme sa maîtresse. Sa femme était au courant de sa liaison. De plus il avait détourné des fonds à la banque *CAMAT* et les avait virés sur un compte offshore à l'étranger. C'est pour cette dernière raison qu'il a éliminé sa femme, car elle voulait qu'il se dénonce à la justice. Sa femme ne voulait pas divorcer pour ne pas devoir partager ses biens hérités de ses parents. Nous avons tout d'abord fait parler la maîtresse de Jean Laville. Elle avait volé 400 euros dans la caisse du club pour satisfaire son addiction. Mais elle n'est pas liée au meurtre, enfin c'est mon intime conviction. Elle devra comparaître au tribunal comme témoin à charge.

– Oh quelle histoire, les gens s'empoisonnent la vie eux – mêmes en commettant des délits irréparables. Vous m'enverrez votre rapport pour que l'assassin puisse être transféré devant le juge d'instruction. Je vais informer Monsieur le Maire, il sera ravi ! Je vous donne carte blanche pour la presse !

– Ce sera fait Madame la Procureure, comptez sur nous, répondit Marc.

Il était 17 heures !

Soudain Damien Leclerc, le croupier, arriva. Il lui firent signer sa déposition. Après quelques minutes il partit du commissariat.

– Je peux rédiger le rapport final Marc, si tu veux et je l'envoie à Madame la Procureure. Il serait préférable que tu ailles t'occuper de ton fils ! Mais dis-moi une chose, tu n'aurais pas inventé quelques preuves ? Les témoins oculaires, d'accord, mais les empreintes partielles sur le plat, Christiane nous a dit qu'elles étaient inexploitables. Et sur le couteau il n'y en avait pas.

— Oui, je t'avais bien dit qu'il fallait que je lui mette la pression pour qu'il avoue, et c'est réussi, ahaha ! C'est sympa pour le rapport Raymond, mais tu sais bien que je devrais le contre-signer. Allez dans deux heures la paperasserie sera terminée et nous aurons mérité notre week-end, enfin ce qu'il en reste !

— Je suis heureux de travailler avec toi Marc, tu es génial, ton intuition te trompe rarement.

— C'est réciproque Raymond.

— Je vais avertir les témoins qui liront le nom du meurtrier dans la presse demain dimanche, fit Raymond.

— J'en connais une qui sera soulagée, Madame Della Chiesa, la pauvre femme !

— Je vais avertir Damien et Clarisse que je passerai dans deux heures environ. Je me sens plus léger.

— Et moi je vais avertir Ghislaine et je vais réserver au mexicain !

— Je me charge d'envoyer le rapport à la presse, répondit Marc.

Et c'est ainsi que se termina cette triste histoire ! Comme disait Madame la Procureure, les gens s'empoisonnent leur vie eux-mêmes en commettant des délits irréparables !

MEURTRE A LA PHARMACIE LE SPHINX DE THIONVILLE

DE ELIANE SCHIERER

Synopsis

Armand Lemaine, propriétaire de la pharmacie *LE SPHINX* de Thionville découvre le corps de sa femme, Marie-Christine, allongée derrière le comptoir peu de temps avant l'ouverture de son commerce.

La médecin légiste conclut à un empoisonnement par injection de *céphalosporines*, un dérivé de la pénicilline et d'antibiotiques.

Une deuxième victime, la préparatrice, Josette Schmidt subit le même sort que sa patronne.

Qui avait un motif pour désirer la mort de ces deux femmes ? Avaient-elles un secret ?

Les enquêteurs, Marcel Camus et Charles Moreau de la brigade de Thionville sont chargés de l'enquête.

A l'aide de la police scientifique et en faisant des recherches minutieuses, ils découvriront avec effroi la triste vérité !

Le jour commençait à se lever à Thionville. Il était 7 h 30. Une journée ensoleillée d'un mois de juin pointait le bout de son nez. Nous étions lundi.

Marie-Christine Lemaire, la pharmacienne du Sphinx, était déjà descendue au magasin pour ranger les livraisons de la veille. Son mari Armand, buvait son café et lisait le journal. Le commerce n'ouvrait qu'à partir de 9 heures. Une demi-heure plus tard il rangea ses affaires et descendit à son tour. Leurs enfants David et Marie-Claire, 15 et 17 ans, étaient déjà partis au collège et au lycée.

Il l'appela, mais elle ne répondit pas. Soudain il poussa un cri aigu ! Derrière le comptoir gisait le corps de son épouse. Elle avait les yeux grands ouverts. Avait-elle fait un malaise ou bien avait-elle été agressée ? Armand composa le 17. Il s'assit. Ses jambes tremblaient. Il avait envie de vomir.

Une dizaine de minutes plus tard la voiture de police arriva à grands coups de pin pon. A son bord se trouvaient, Marcel Camus, commissaire, son collègue Charles Moreau, Marie Lallemand, médecin légiste, Jean Marchand et Charlotte Legrand de la police scientifique. Toute l'équipe frôlait la quarantaine. Ils se présentèrent au mari de la victime.

– Je vous présente nos sincères condoléances Monsieur Lemaire, dit Camus. Mes collègues ont mis un cordon de protection autour de votre immeuble pour écarter les badauds. Nous devrons interroger votre personnel. La pharmacie restera fermée jusqu'à ce que notre équipe scientifique et notre médecin légiste aient terminé leurs investigations. Après cela, le corps de votre épouse sera transféré à notre institut médico – légal de Thionville où on pratiquera une autopsie. Nous devons trouver la cause de son décès car deux hypothèses ne sont pas à écarter : elle a pu faire un malaise ou bien quelqu'un l'a supprimée. Nous vous avertirons quand vous pourrez disposer du corps de votre épouse.

– Excusez-moi de vous interrompre Monsieur le Commissaire, la mort de la victime n'est pas d'origine naturelle, mais criminelle. J'ai trouvé une piqûre dans sa poitrine. Je dois vérifier de quel poison il s'agit !

– Merci Marie, allez-y !

– Quoi, un empoisonnement, bon sang, sanglota Lemaire.

– Est-ce que vous pouvez répondre à quelques questions Monsieur ?

– Oui, allez-y, plus vite vous avancerez dans votre enquête, plus vite l'agresseur de ma femme sera sous les verrous, répondit Armand d'une voix tremblante. Je ne comprends pas qui a pu s'introduire dans la pharmacie et attendre la venue de ma femme pour l'assassiner. C'est incroyable !Celui qui a fait ça n'avait aucun scrupule, mon Dieu, je crois vivre un cauchemar. Qui pouvait lui en vouloir ?

– Monsieur Lemaire nous devrons trouver d'abord le motif. Pour ce faire, nous aurions besoin que vous nous fassiez une liste de votre personnel et de leurs coordonnées ; pourriez-vous nous mettre une pièce ou votre bureau à disposition pour mener notre interrogatoire ?

— Oui bien sûr.

— Ensuite il nous faudrait les adresses des amies et connaissances de votre épouse et son portable. Notre brigade financière devra éplucher vos comptes. C'est la procédure Monsieur Lemaire. Nous reviendrons avec un mandat. Dernière chose, qui avait une clé pour s'introduire à la pharmacie ?

— A part notre femme de ménage, Zahia Mansour, je ne vois pas. Notre personnel n'a pas de clé. Pour les amies, ma femme était plutôt une solitaire, je l'avoue. Elle s'entendait bien avec Marianne Bertrand, qui habitait à Thionville, mais hélas elle a déménagé en décembre 2017 dans la Vienne à cause du travail de son mari, et elles ne se voyaient plus qu'une ou deux fois par an.

— Avez-vous récemment licencié du personnel ?

— Oui, nous avons licencié Monsieur Antoine Fatoni il y a un deux ans pour raisons économiques.

— Vous me communiquerez ses coordonnées s'il-vous-plaît ?

— Mais vous ne croyez tout de même pas que mon ex-employé ou notre femme de ménage aient assassiné mon épouse ? Je n'y crois pas un seul instant !

— Nous devrons leur parler et ne négliger aucune piste, Monsieur Lemaire. Plus vite nous aurons éliminé les fausses pistes, plus vite nous avancerons dans notre enquête.

– Avez-vous besoin d'aide, d'un médecin ? Est-ce que vous avez des enfants ? Doit-on s'en occuper ou appeler un membre de votre famille ? Nos psychologues pourraient vous soutenir ! Tenez voici leurs coordonnées !

Armand prit la carte de visite que Marcel lui tendit. Il pleurait mais se ressaisit aussitôt.

– Je suis choqué, mais je n'ai ni besoin d'un médecin ni d'un psychologue. Merci. Nos enfants sont partis au collège et au lycée ce matin.

– Quel âge ont-ils ?

– David a 15 ans et Marie-Claire, 17 ! J'appellerai mes parents pour qu'ils dorment chez eux ce soir. Voici les adresses que vous m'avez demandées, rétorqua Armand d'une voix brisée.

– Merci pour votre aide, Monsieur Lemaire..

– Trouvez vite celle ou celui qui a fait cela. Je ne comprends toujours pas pourquoi ma femme a été la victime d'un être immonde !!

– Nous ferons tout notre possible, je vous le promets.

– Charles, pourrais-tu faire entrer le personnel ? Merci.

– D'accord Marcel, j'y vais.

– Bonjour Mesdames, je suis le commissaire Charles Moreau de la police criminelle de Thionville. Pourriez-vous nous accompagner, nous devons vous poser quelques questions !

— Mais qu'est-ce qui se passe, s'exclama Claire Cassendre, personne ne veut nous dire quoi que ce soit.

— Madame Lemaire a été assassinée, je suis navré de vous apprendre le décès de votre patronne de cette façon. Merci de bien vouloir me suivre, proposa Charles.

— Bonjour Mesdames. Je suis le commissaire, Marcel Camus. Vous avez déjà fait la connaissance de mon collègue, Charles Moreau. Nous allons vous interroger séparément.

— Nous commencerons par vous, Madame !

— Je suis Josette Schmidt, préparatrice à la pharmacie du Sphinx. Je travaille ici depuis quinze ans. Je ne comprends pas qui a pu supprimer Madame Lemaire ! ! Je ne lui connaissais pas d'ennemis. C'est grotesque !

— Où étiez-vous ce matin entre 7 heures et 7 h 30 ?

— Quoi, mais vous ne croyez tout de même pas que c'est moi qui a tué ma patronne ! Vous plaisantez, j'espère ?

Josette était écarlate !

— Et pour quelles raisons ?

— Hum, pensa Camus, « elle n'a pas l'air commode cette bonne femme ! Quelle arrogance ! »

— Madame Schmidt, calmez vous s'il-vous-plaît ! Personne ne vous accuse, nous menons une enquête pour homicide. Eh non, je ne plaisante jamais quand il s'agit d'élucider un meurtre. C'est la procédure, Madame. Je vous conseille de coopérer avec la justice.

— En voilà des façons ! J'étais chez moi, mon mari était déjà parti au travail. Il se rend tous les jours au Luxembourg, il est employé bancaire. J'ai ramené mon fils, Pierre au collège Saint Charles. Mon époux pourra vous le confirmer, voici son numéro de portable.

— C'est ce que nous allons vérifier, répondit Marcel.

— Nous sommes obligés de prendre vos empreintes, Madame, ceci pour vous disculper de la liste des suspects.

— Très bien, répondit Josette d'un air offusqué ! C'est d'un ridicule, enfin vous devez faire votre travail. Vous trouverez certainement les empreintes de tout le personnel partout, c'est insensé.

— Mais pas sur le corps de la victime, vous ne croyez pas ? Car là, les vôtres ne devraient pas s'y trouver, si je ne m'abuse !

— Bon, d'accord, je suis encore toute retournée, excusez-moi !

— Vous pouvez repartir, Madame, la pharmacie sera fermée aujourd'hui. Votre patron vous avertira quand vous pourrez reprendre votre travail. Ne quittez pas Thionville, nous aurons encore besoin de votre aide. Vous viendrez demain matin signer votre déposition au poste de Thionville, disons vers 10 heures ?

— D'accord. Au revoir Messieurs.

— Au revoir Madame Schmidt !

– Bon, nous allons continuer notre enquête, fit Charles.

– En face de lui se trouvait une femme sympathique et qui avait l'air très douce et réservée.

– Vous êtes Madame ?

– Claire Cassendre, aide – préparatrice. Je n'en reviens pas, un meurtre en plein centre de Thionville. Mais qui pouvait en vouloir à ma patronne. Pauvre Monsieur Lemaire, il devra s'occuper de ses deux enfants. J'ai également deux enfants, et je sais que ce n'est pas facile de gérer seule une famille. J'ai divorcé il y a trois ans.

– Pouvez-vous nous dire où vous étiez ce matin entre 7 h et 7 h 30 ?

– Pourquoi, vous croyez que j'ai assassiné Madame Lemaire ? répondit Claire d'un air effrayé. Vous savez elle n'était pas toujours facile, mais jamais je n'aurais souhaité sa mort. Dans la vie c'est ainsi, on ne peut aimer tout le monde et tout le monde ne peut nous aimer. Il faut obéir aux ordres des patrons, sinon ils changent vite d'avis à notre sujet, et retrouver un autre emploi à mon âge, ce n'est pas facile.

– Quel âge avez-vous Madame Cassendre ?

– Je vais avoir 48 ans. En ce qui concerne mon emploi du temps de ce matin, je suis allée ramasser mon linge dans la cave, et j'ai croisé mon voisin, Angelo di Marco, qui quittait son appartement pour aller travailler.

Il est dans l'annuaire, nous habitons au 35, rue des Acacias. Vous pourrez l'appeler.

– Très bien Madame, nous allons vérifier vos dires.

– Savez-vous si Madame Lemaire avait des ennemis ?

– Elle a rendu la vie impossible à Antoine Fatoni pour qu'il parte de son plein gré, mais il ne s'est pas laissé faire. Elle l'a harcelé. J'étais la seule à le soutenir, car ma patronne l'avait accusé de vol et elle avait prétendu qu'il fuyait ses obligations. Or je suis convaincue que mon collègue n'est ni un voleur, ni un assassin, de plus il ne s'est jamais dérobé aux tâches que mes patrons lui confiaient.

– Merci pour ces informations !

– Puis-je partir maintenant ? Monsieur Lemaire nous tiendra sûrement au courant quand la pharmacie rouvrira ! J'aimerai assister aux obsèques.

– Attendez encore un instant, nous devrons prendre vos empreintes, ceci pour vous disculper de la liste des suspects. Votre patron ne pourra disposer du corps de son épouse qu'après les résultats de l'autopsie. Il vous informera du jour de son enterrement. Pour l'instant la pharmacie restera fermée jusqu'à ce que la police scientifique aura terminé d'analyser la scène de crime. Vous passerez, ainsi que votre collègue, demain matin à 10 heures au commissariat pour venir signer votre déposition, s'il-vous-plaît ?

– Très bien, rétorqua Claire. Je viendrais avec Josette, pas de soucis.

– Charles téléphona à Di Marco. Claire avait dit la vérité.

Jean Marchand, de la police scientifique, prit ses empreintes, puis Claire Cassendre sortit de la pharmacie.

– Monsieur Lemaire, nous allons récupérer le mandat de perquisition chez Madame la Procureure. Nous avons terminé d'auditionner votre personnel. Nous sommes désolés, notre équipe devra fouiller votre immeuble. Cela n'a rien de personnel, c'est ainsi que nous procédons dans toutes les affaires criminelles.

– Très bien Messieurs, faites ce que vous devez faire. Si cela peut vous aider à trouver l'assassin.

– Avez-vous pu joindre vos parents ?

– Oui, ils sont partis au collège et au lycée récupérer nos enfants.

– Nous allons continuer nos investigations Monsieur Lemaire. A toute à l'heure.

– A plus tard !

Les policiers prirent le chemin du Tribunal pour récupérer le mandat chez Madame la Procureure Dupont. Ils frappèrent à la porte de son bureau. Devant eux se tenait une magistrate en costume bleu foncé. Une paire de lunettes noires ornaient un nez fin. Elle frôlait la cinquantaine. Son eau de toilette à la vanille flottait dans l'air.

– Bonjour Messieurs, je vous attendais. Veuillez prendre place.
– Bonjour Madame la Procureure.
– Désirez-vous un café ?
– Oh bien volontiers, merci.
– Allô, Marie-France, vous pourriez nous servir trois cafés ? Merci !
– Alors comment cela se présente-t-il ? Avez-vous des premiers éléments à me communiquer ? Que dit la médecin légiste ?
– Nous avons interrogé le mari et les deux employées de la pharmacie. Monsieur Lemaire, le propriétaire n'avait que deux clés, dont une, était destinée à la femme de ménage. Nous allons l'interroger. Ensuite il nous a révélé qu'il a dû licencier un employé pour raisons économiques. Nous irons le voir également. La médecin légiste a constaté que l'assassin a injecté un poison dans la poitrine de la victime. L'autopsie suit son cours.
– Merci pour ces premières informations. Voici votre mandat. Dès qu'il y aura du nouveau, veuillez m'avertir. Merci Messieurs !

Les policiers burent leur café et partirent en direction du domicile d'Antoine. Ils l'avaient prévenu de leur arrivée. Il habitait un petit appartement au centre de Thionville.

– Bonjour Monsieur Fatoni, je vous ai appelé, Marcel Camus, voici mon collègue Charles Moreau du commissariat de Thionville.

– Bonjour Messieurs, veuillez entrer. Mais pourquoi la police veut-elle m'interroger ? Que se passe-t-il ?

– Ou étiez-vous ce matin entre 7 heures et 7 h 30, Monsieur ?

– J'étais ici, je dormais encore ; je suis en retraite et je dors plus longtemps.

– Qui peut en témoigner ?

– Raoul mon fils. Il est venu me voir dans ma chambre avant de partir travailler à Luxembourg Ville. J'ai une bronchite et il m'a entendu tousser durant la nuit. Il s'est fait du souci. Je ne comprends toujours pas pourquoi je dois me justifier, quelle est la raison de votre venue !

– Votre ancienne patronne, Madame Lemaire a été retrouvée morte ce matin à la pharmacie. La médecin légiste a découvert une piqûre d'un produit toxique dans sa poitrine. Nous attendons les résultats de l'autopsie. Monsieur Lemaire nous a informé qu'ils vous avaient congédié pour raisons économiques.

– Oui c'est exact, mais j'ai eu de la chance, car j'ai retrouvé un travail à la pharmacie *LE TIGRE* à Manom, deux mois plus tard. Madame Lemaire m'a fait souffrir en me harcelant, vous ne pouvez pas vous imaginer ! La seule personne qui était sympa avec moi était Claire

Cassendre. Josette Schmidt faisait tout pour m'enfoncer encore plus. Ma patronne voulait que je quitte la pharmacie de mon plein gré, mais j'ai refusé. Son mari était soumis, il ne se rebiffait jamais, dommage. Il ne m'a pas soutenu. Le médecin conseil qui était venu à la pharmacie pour me soutenir a pu constater que je disais la vérité. Finalement j'ai eu gain de cause, et j'ai obtenu ma prime de départ. Mais je vous assure que je n'ai rien à avoir avec son assassinat !

– Vous aviez néanmoins un mobile pour la supprimer, Monsieur Fatoni !

– Vous plaisantez j'espère, tenez voici le numéro de téléphone de Raoul, appelez-le, il confirmera mon alibi.

– C'est ce que nous allons faire. Il sera convoqué au commissariat.

– Vous pourriez passer signer votre déposition vers 16 heures, s'il-vous-plaît ?

– Oui d'accord !

– Votre fils pourra venir après avoir terminé son travail.

– Nous prélèverons vos empreintes toute à l'heure. Soyez sans crainte, c'est la procédure pour vous rayer de la liste des suspects.

– Au revoir Monsieur Fatoni !

Les enquêteurs prirent l'ascenseur car Alain habitait au sixième étage.

— Que penses-tu de cet homme, Charles ?
— Il m'a l'air sincère, je n'ai pas l'impression que la police scientifique retrouvera son ADN sur le corps de Madame Lemaire.
— Je suis de ton avis !
— Bon, allons interroger Madame Mansour, la femme de ménage !
— Tu as l'adresse Marcel ?
— Oui 20, rue des Lilas. Ce n'est pas très loin d'ici, répondit Charles.

Une dizaine de minutes plus tard, nos policiers sonnèrent à la porte d'une ancienne bâtisse. Des roses trémières et des roses de Noël ornaient un petit jardin devant l'entrée de l'immeuble qui comptait trois étages.

— Bonjour Madame Mansour ! Nous sommes de la brigade de Thionville, nous vous avons appelé, Marcel Camus et Charles Moreau. Pourrions-nous rentrer un moment ?
— Bonjours Messieurs ! Pourquoi la police veut-elle m'interroger ?
— Madame Lemaire de la pharmacie du Sphinx s'est faite agressée par un inconnu ce matin. Elle est décédée suite à la piqûre d'un produit mortel. Notre médecin lé-

giste pratique l'autopsie de son corps. Nous en saurons plus demain, dit Marcel.

— Avez-vous une clé de la pharmacie Madame Mansour ? demanda Charles.

— Oui, mais je n'ai rien fait, fit-elle en sanglotant. Monsieur Lemaire est toujours très respectueux avec moi. Madame me prenait toujours de haut, mais de là à souhaiter sa mort, non !

— Tranquillisez-vous Madame, nous vous auditionnons simplement en tant que témoin, répliqua Marcel. Nous cherchons tout simplement à retrouver le criminel.

— Est-ce que quelqu'un aurait pu faire un double de cette clé à votre insu ?

— Non, la clé de la pharmacie, je la porte toujours sur moi quand je fait mon travail. Et à la maison je la cache dans un tiroir en dessous de mon linge. Je sais que les drogués feraient tout pour aller voler dans les pharmacies, donc je suis sur mes gardes.

— Vous habitez seule ?

— Oui, mon fils Ahmed a quitté notre appartement il y a 6 mois de cela.

— Ou étiez-vous ce matin entre 7 heures et 7 h 30 ?

— J'étais sortie faire une prise de sang au Laboratoire Curie. Vous pouvez les appeler.

— C'est ce que nous allons faire, Madame.

— Pourriez-vous venir signer votre déposition cet après-midi au commissariat à 17 heures ? Nous serons

amenés à prélever vos empreintes, mais rassurez-vous c'est pour vous éliminer de la liste des suspects. Nous devrons les comparer aux autres trouvées sur le corps de Madame Lemaire.
– Très bien, je viendrai au poste.
– Au revoir Madame, à plus tard !

– Je commence à avoir un creux, s'exclama Marcel. On va déjeuner ? Quelle heure est-il ?
– 13 heures, répondit Charles.
– D'accord, cela nous changera de la cantine.
– On va à la brasserie *Chez Claude* ?
– Volontiers.
– Mince, il y a beaucoup de monde pour un lundi. J'espère qu'on va trouver une place ! ! !
Les serveurs s'affairaient autour des tables. La brasserie avait une bonne renommée car elle servait des mets de bonne qualité et les prix n'étaient pas excessifs. Il restait encore une table inoccupée.
– Je vais prendre un steak frites, salade.
– Moi également, rétorqua Charles.
– Hum, c'était très bon, s'exclama Marcel.
– Viens, rentrons au bureau, nous avons du pain sur la planche avec les dépositions à préparer et les venues de Madame Mansour et de la famille Fatoni.

Soudain le portable de Marcel sonna.

— Allô Elisabeth, comment vas-tu ? Ah tu es à la maison ? Tu n'étais déjà pas en forme hier. Repose-toi. Tu verras bien comment cela se présentera demain, chérie. Oh non, nous ce n'est pas de tout repos en ce moment, nous avons une grosse affaire à résoudre. La pharmacienne du *Sphinx* a été assassinée ou plutôt empoisonnée. Non, je ne sais pas à quelle heure nous allons terminer car nous devons encore rédiger les procès d'audition des témoins. Je t'appellerai. Bisou ma chérie.

— Alors comment va Elisabeth ?

— Elle a attrapé un gros rhume avant – hier, et avec la fièvre elle est rentrée plus tôt. Si cela ne va pas mieux demain, elle ira voir son médecin.

— Décidément, mon portable n'arrête pas de sonner. Marie, ne me dis-pas que tu as déjà les premiers éléments de l'autopsie ?

— Bien sûr, Marcel, avec la nouvelle technologie les analyses sont plus rapides. Madame Lemaire a été empoisonnée, le meurtrier lui a injecté de la *céphalosporine*, un dérivé de pénicilline et d'antibiotiques frelatés. Le dosage était beaucoup trop élevé , son coeur n'a pas tenu, hélas. Mais ce qui m'intrigue c'est que ce produit n'est utilisé qu'en milieu hospitalier pour soigner des infections à staphylocoques résistants. Je continue l'autopsie et je te remettrai le rapport demain matin.

— Merci Marie, qu'est-ce que l'on ferait sans toi ?

— Merci, mais personne n'est irremplaçable Marcel. A plus tard !

— Alors que dit la médecin légiste ?

— Notre victime a été empoisonnée par un dérivé de pénicilline et d'antibiotiques frelatés. Marie m'a rapporté que ce produit n'est utilisé qu'en milieu hospitalier pour soigner des malades qui sont atteints d'infections graves aux staphylocoques divers.

— Cela doit être quelqu'un qui s'y connaît pour lui injecter un tel poison, répondit Charles.

— Je suis de ton avis. Mais pourquoi justement celui là ? Il y a plein d'autres produits toxiques à l'intérieur de la pharmacie.

— C'est bizarre en effet. Ça n'a pas de sens, sauf pour le meurtrier peut-être.

— Ça me préoccupe.

— Viens nous allons au *Sphinx* amener le mandat à Jean pour qu'il puisse continuer à fouiller l'officine.

— Quand ils arrivèrent, ils virent un médecin s'occuper de Monsieur Lemaire.

— Que se passe-t-il Monsieur Lemaire, vous vous sentez mal ?

— J'ai du appeler les secours, je me suis évanoui. C'est l'émotion. Je pense que je vais contacter un de vos psychologues sous peu, vous aviez raison. Ma sœur vient d'arriver avec son mari. Je ne serai pas seul.

— Contents que votre famille s'occupe de vous.

– Si vous aviez besoin d'autre chose, n'hésitez pas. Nous vous tiendrons au courant de l'avancement de l'enquête.

– Merci Messieurs. Au revoir.

– Bon, viens rentrons au bureau Charles, nous avons encore du boulot qui nous attend.

– D'accord, on y va.

– Bonjour Marcel, Charles, fit une voix d'homme derrière eux.

C'était le commandant Camille Humbert.

– Bonjour mon commandant.

– Alors, quelles sont vos premières conclusions ?

– La victime a été supprimée à l'aide d'un dérivé de pénicilline et d'antibiotiques frelatés. Le meurtrier lui a injecté un dosage trop important. Et ce qui est étrange, c'est qu'il provenait du milieu hospitalier.

– Bon sang, il ne nous manquait plus que ça à Thionville ! Madame la Maire va me mettre la pression. Soit, j'en ai l'habitude. C'est une personne que j'apprécie et si elle s'agite, je peux la comprendre.

– Avant que je n'oublie, je vais mettre Raphaël et Jean-Claude sur l'affaire du braquage de la banque *SOFENAL,* rétorqua Camille Humbert.

– Merci c'est très aimable, mais nous aurions également besoin de renfort pour analyser les comptes de la pharmacie.

— Pas de problèmes, je contacterai la brigade financière. Ils vous épauleront dès demain matin.

— Nous vous tiendrons au courant de l'avancement de l'enquête. Merci à vous mon commandant !

— Je vous fait confiance, Messieurs. Bonne chance !

Les enquêteurs préparèrent les rapports à signer pour Monsieur Fatoni, son fils Raoul, ainsi que celui de Madame Mansour. Les témoins se présentèrent au commissariat aux heures fixées. Le dernier était Raoul. Il confirma en effet les dires de son père. Une heure plus tard, tous les compte-rendus des témoins étaient terminés. Soudain la porte s'ouvrit et Jean Marchand de la police scientifique entra.

— Bonsoir Jean, nous sommes curieux de savoir ce que vous avez découvert ! ! ! ! !

— Nous avons trouvé des empreintes partielles sur la poitrine de la victime, nous supposons néanmoins que le tueur portait des gants. Dans l'agitation ils ont été déchirés. Madame Lemaire a dû se défendre.

— Que dit Charlotte ?

— Elle est déjà rentrée. Sa fille est alitée ; elle a de la fièvre.

— Ma femme également. Avec ces changements de température constants, ce n'est pas étonnant ! Voici déjà quelques unes des empreintes que nous avons relevé, pour le reste il faudra attendre demain matin dès que les témoins seront partis.

– Merci Marcel, à demain. Bonne soirée. Passe le bonjour à Elisabeth.

– Bonne soirée, répondirent les policiers.

– Très bien, nous allons rentrer Charles. Nous ne découvrirons plus rien ce soir.

– Je suis de ton avis.

– A demain, Marcel.

– Bonsoir Charles, à demain.

– Le clocher de Saint Joseph sonna 19 heures. Marcel s'arrêta en route pour faire quelques courses. Une quart d'heure plus tard il gara sa voiture devant son domicile.

– Bonsoir Elisabeth, comment te sens – tu ?

– C'est pas le top, j'irai consulter demain matin. J'ai de la fièvre. J'ai appelé le médecin cet après-midi et il m'a donné un rendez-vous à 8 h 30.

– C'est mieux, bonne décision !

– J'ai ramené quelques courses. J'ai acheté deux soupes, il n'y a plus qu'à les réchauffer. Cela te fera du bien. Le poulet c'est pour demain midi, si tu vas chez le médecin tu n'auras pas besoin de cuisiner.

– Merci Marcel, je te cause du travail, tu en as déjà assez au commissariat.

— Ce n'est pas grave, tu ferais la même chose pour moi, chérie.
— Dis-donc, que se passe-t-il à la pharmacie ? Ils ont annoncé le meurtre de Madame Lemaire sur *France Bleu Lorraine Nord*.
— La propriétaire a été empoisonnée par une piqûre d'un dérivé de pénicilline et d'antibiotiques frelatés.
— Quoi ? Cela me rappelle ce film « Le Troisième Homme ».
— Oui, tu as raison, quelle coïncidence, en effet, ahahaha.

Les époux se couchèrent aux environs de 22 heures. Le réveil sonna chez les Camus à 6 h 30. Marcel prit sa douche.
— Bonjour ma chérie, alors as-tu bien dormi ?
— Comme un loir. Je vais me lever bientôt.
— Tu pourras m'appeler, aucun souci, comme cela je saurai ce qu'a dit le médecin. J'ai mis le café en route. Le pain grillé est sur la table.
— Au-revoir ma chérie, à ce soir.
— Bisou Marcel ! Bonne chance à vous deux.
— Il était 8 heures quand il gara sa voiture sur le parking du commissariat.
— Bonjour Charles. Bien dormi ?
— Oui, malgré ce meurtre, j'ai très bien dormi, heureusement.

- Il fait frais ce matin, brrrr.
- Comment va Elisabeth ?
- Elle a rendez-vous chez le médecin.

Claire Cassendre arriva et signa sa déposition. Charles lui prit ses empreintes et les remis à Jean et Charlotte. Josette Schmidt ne vint pas.
- C'est bizarre, je n'arrive pas à joindre Madame Schmidt, dit Marcel.
- C'est étrange, cela ne me plaît pas.
- Je vais aller voir chez elle.
- Merci Charles.

Une dizaine de minutes plus tard, le téléphone de Marcel vibra.

- Marcel, Madame Schmidt a été assassinée. La porte était entre-ouverte. Elle a également une piqûre sur la poitrine tout comme Madame Lemaire. J'ai contacté Jean, Charlotte et Marie.
- Très bien, le tueur n'a pas froid aux yeux. Tu peux me rejoindre à la pharmacie ? J'ai un drôle de pressentiment.

Dix minutes plus tard, nos policiers se retrouvèrent au *Sphinx*. Monsieur Lemaire était entouré de sa famille. Il avait les yeux cernés et avait très mauvaise mine. Ses enfants étaient présents.

– Monsieur Lemaire, désolé de vous apprendre une deuxième mauvaise nouvelle.
– Mais quelle nouvelle ? s'écria Lemaire visiblement remonté !
– Votre préparatrice, Josette Schmidt a été retrouvée morte à son domicile. Nous l'attendions pour sa déposition, or elle ne s'est pas présentée au commissariat. Nous pensons qu'elle a été supprimée de la même façon que votre épouse. Son corps sera transporté à l'institut médico-légal et nous attendons les résultats de l'autopsie.
– Quoi, mais je ne comprends pas ! Ma femme, ensuite Josette. Mais pourquoi ?
– Quelque chose les liait peut-être. Avez-vous une idée de ce que c'était ?
– Mon épouse et Josette se voyaient de temps à autre en dehors du travail pour aller déjeuner ou dîner. Elles s'entendaient bien. Mais en quoi ceci est-il en rapport avec les deux meurtres ?
– Nous ne devons négliger aucune piste, Monsieur Lemaire.
– Etaient – elles liées intimement ?
– Quoi, mais certainement pas. C'est quoi ces insinuations ?

On entendit frapper à la porte du bureau.

— Bonjour, Messieurs, René Arthaud de la brigade financière. Le commandant Humbert m'a appelé. Il paraît que vous avez besoin de renfort !

— Oui Monsieur Arthaud, Monsieur Lemaire vous donnera le mot de passe de ses comptes. Vous éplucherez également les comptes de la pharmacie, ainsi que le portable de Madame Lemaire.

— Bien Monsieur le Commissaire ce sera fait !

— Que pensez-vous trouver dans nos livres et dans nos comptes, s'écria Lemaire énervé. Cela devient insupportable à la fin ! Vous soupçonnez ma femme d'être une criminelle, et lesbienne de surcroît, mais je rêve ! C'était une victime, ne croyez-vous pas que vous vous trompez de personne, bon sang !

— Monsieur Lemaire, restez calme. Laissez faire la brigade financière. Donnez lui les codes et mots de passe, ensuite allez vous reposer s'il-vous-plaît.

— Me reposer ! C'est tout ce que vous trouvez à dire ? s'écria Lemaire.

— En voilà des façons de traiter les gens !

— Viens Armand. Laisse faire les enquêteurs. C'est leur boulot. Donne leur ce qu'ils demandent. Si tu veux qu'ils trouvent le tueur, tu dois les aider.

Monsieur Lemaire s'exécuta et sortit.

— Bonjour Messieurs, je suis Eloïse de Saint Leu. Voici mon mari Hervé.

— Bonjour Madame, Monsieur, en effet nous devons trouver un motif pour les deux meurtres. Pour l'instant, je vous avoue que nous pataugeons, le seul indice qui pourrait relier les deux assassinats serait ce poison. L'enquête suit son cours.

Soudain le portable de Marcel sonna.

— Marcel, c'est Marie.
— Tu as déjà les premiers résultats ?
— Oui, c'est le même poison qui a été utilisé pour les deux victimes. Josette Schmidt est morte aux alentours de 9 h 30. Tu auras le rapport demain matin, désolée je ne peux pas faire plus vite. J'ai appelé le commandant Humbert, il nous a envoyé un agent de la brigade financière pour éplucher les appels et les comptes des époux. Nous avons contacté le chef de son mari. Le mari était à la banque depuis 7 h 30. Donc il a un alibi. Quand nous lui avons annoncé que se femme trempait dans l'escroquerie, il n'en revenait pas. Mais tiens toi bien, Madame Lemaire et Josette Schmidt étaient liées intimement. Nous avons trouvé quelques mails que nos collègues ont pu rétablir sur le disque dur. Je n'ai pas l'impression que le mari était au courant.
— Encore une chose, est-ce que la scientifique a trouvé des traces d'ADN sur le corps ?
— Non, pas pour l'instant, s'il y a des changements, ils t'appelleront, Marcel.

– Et sur le corps de Madame Lemaire ?
– Malheureusement on n'a pas pu les utiliser, elles n'étaient que partielles. Et en lançant une recherche sur nos systèmes on n'a rien trouvé non plus. Donc le criminel n'a pas de casier !
– Merci Marie, bon travail !
– Que se passe-t-il ? demanda Eloïse.
– Madame Schmidt a été supprimée de la même manière que Madame Lemaire. Le tueur a utilisé un dérivé de la pénicilline et d'antibiotiques qui étaient frelatés. Ensuite nos collègues ont découvert que votre belle-sœur et Madame Schmidt étaient liées intimement. Madame de Saint Leu, aviez-vous de bons rapports avec votre belle-sœur, vous a-t-elle confié quelque chose qui la rongeait ? Avait-elle des soucis ? Monsieur Lemaire ne pouvait pas nous renseigner.
– Quoi, ma belle-sœur lesbienne, mais venant d'elle plus rien ne m'étonne. Enfin sa vie privée ne me regarde pas, mais je vous avoue que Marie-Christine et moi, nous n'avions pas de bons rapports. Mon mari et moi avons gardé le contact à cause d'Armand. Il devait la subir, et croyez-moi elle n'était pas facile à vivre. Il mérite une médaille !
– Je confirme les dires de ma femme, dit Hervé.
– Comment cela ?
– Elle traitait mal son personnel, à part Josette qu'elle estimait beaucoup. Enfin, les raisons on les

connaît maintenant. Le sale coup qu'elle a fait à Antoine Fatoni, c'était vraiment grotesque. Elle l'a harcelé pour qu'il parte de lui-même en l'accusant de vol de surcroît. Heureusement qu'il ne s'est pas laissé faire. Armand le lui avait reproché, mais connaissant ma belle-sœur, elle s'en fichait royalement. Heureusement qu'Antoine a eu gain de cause.

– Croyez-vous qu'elle avait des ennemis ?

– Je l'ignore, mais avec un tel caractère hautain on ne peut pas se faire que des amis, je l'avoue.

– Bon, s'il vous revenait en mémoire autre chose, voici ma carte de visite !

– D'accord !

– Monsieur le Commissaire, vous pouvez venir un moment. s'il-vous-plaît ? s'écria René.

– Qu'y a t-il ? Avez-vous trouvé un indice ?

– Oui.

– Vous pouvez m'appeler Marcel.

– D'accord, moi c'est René.

– Madame Lemaire avait une comptabilité officielle qui est en règle, d'après les contrôles que son expert-comptable a effectués.

– Mais j'en ai trouvé une autre, bien cachée je l'admets. Tout d'abord, il y a de nombreuses commandes de *céphalosporines* passées au Laboratoire *Kow Loon* de Hong Kong.

– Comment une pharmacienne avait-elle le droit de

commander ces produits qui sont destinés au milieu hospitalier ? C'est un mystère pour moi, s'exclama Charles.

— En avançant dans mes recherches, je suis tombé sur des ordonnances falsifiées de l'hôpital Saint Médard de Metz.

— Pourquoi cet hôpital n'a pas contacté sa propre pharmacie ? constata Marcel. Mais cela sent l'arnaque à plein nez.

— Ensuite, en vérifiant les comptes, j'ai vu que l'hôpital avait fait pas mal de virements à Madame Lemaire. Elle avait ouvert un compte offshore en son nom au Îles Caïman. J'avoue qu'elle a dû se faire une marge bénéficiaire assez lucrative sur ce *business* hors norme, car oui, elle ne vendait pas le médicament au prix d'achat à l'hôpital.

— C'est grotesque, du jamais vu à Thionville, nom d'une pipe, s'écria Charles.

— Encore une question René ? Est-ce que vous avez trouvé une trace quelconque de Madame Josette Schmidt dans sa comptabilité ?

— Oui, en effet, Madame Schmidt avait une procuration pour ce compte bancaire. Je l'ai trouvé. Les deux femmes s'appelaient également en pleine nuit. J'ai vérifié les appels téléphoniques. Ensuite j'ai pu retracer entre autre, une correspondance ardue et intime entre les deux victimes. Elles étaient amantes.

— Ah, les pauvres maris ! s'exclama Charles.

– Les comptes projetaient un nombre important d'intérêts et bénéfices, continua Jean.

– Mais qui avait intérêt à assassiner ces deux femmes ? demanda Charles. Un des maris peut-être ?

– Hum, je ne pense pas, rétorqua Marcel. Cette affaire ne m'a pas l'air d'être un crime passionnel. Et les maris ne semblaient pas être au courant.

– Tu en es certain ?

– Je ne pense pas. Tant que le trafic marchait bien, l'hôpital ou plutôt le médecin véreux n'avait pas de raison d'intervenir. A moins qu'elles n'aient essayé d'arrêter ! Cette histoire va faire un sacré raffut à Metz, dit Marcel.

– Oh pas seulement à Metz, s'écria Charles.

– Dans tous les cas, nous allons contacter Interpol pour qu'ils enquêtent au niveau de ce laboratoire, répliqua René.

Le portable de Marcel sonna.

– Âllo, je suis Julien Brisbois de la brigade financière de Metz. J'ai appris que mon collègue René Arthaud travaillait sur l'enquête des deux meurtres à la pharmacie du Sphinx.

– Oui, c'est exact, répondit Marcel.

– A-t-il déjà découvert quelque chose ?

– Oui, il a découvert que Madame Lemaire, la première victime, menait un commerce bien lucratif avec des céphalosporines frelatées qu'elle commandait à

Hong Kong. Les fausses ordonnances provenaient de l'hôpital Saint Médard de Metz. Elle avait ouvert un compte offshore aux Îles Caïman.

– J'ai trouvé une procuration de ce compte, dans l'ordinateur de Madame Schmidt. Son mari n'était au courant de rien. Il est bien secoué. Josette passait de nombreux coups de fils à sa patronne durant la nuit, mais je suppose que ce n'était pas seulement pour leur *association*, car comme j'ai pu retracer tous les mails qu'elles s'envoyaient, elles étaient amantes. Je suppose que le mari de Madame Lemaire n'était pas au courant ni de ce trafic ni de leur liaison !

– Je pense que non, mais nous allons vérifier, répondit Marcel. D'après les premiers éléments, il était très surpris des agissements de son épouse.

– Très bien, je vous envoie mon rapport par mail. L'original vous parviendra par courrier. Le commandant Humbert m'a donné toutes vos coordonnées.

– Merci beaucoup pour votre aide Monsieur Brisbois !

Marcel et Charles sortirent du bureau et s'adressèrent à Monsieur Lemaire.

– Excusez-moi Messieurs de m'être emporté de la sorte, je sais bien que vous devez faire votre travail. Un rien me fait bondir !

– Ce n'est pas grave, mais nous avons découvert autre chose.

– De quoi s'agit-il ?

– Je regrette de vous dire que votre épouse était mêlée à une vente illégale d'un dérivé de pénicilline et d'antibiotiques frelatés. Monsieur Arthaud, notre collègue a trouvé des preuves irréfutables dans l'ordinateur de votre épouse. Elle commandait les produits dans un laboratoire à Hong-Kong ; les ordonnances provenaient de l'hôpital Saint Médard de Metz.

– Mais ce n'est pas tout, nos confrères ont retracé des preuves d'une correspondance ardue et intime entre votre femme et Madame Schmidt. Elles étaient amantes.

– Comment cela, je ne comprends pas. Ma femme n'était tout de même pas une hors-la-loi ! Et maintenant, vous m'apprenez, en plus, qu'elle était lesbienne. Je n'en reviens pas, je n'étais pas au courant. Etes-vous sûr de ce que vous avancez ? Mais j'ai envie de vomir……!

– Oui Monsieur Lemaire, il n'y a aucun doute possible. Elle avait même ouvert un compte offshore aux Îles Caïman et se faisait une marge considérable, surtout parce qu'elle ne vendait pas au prix d'achat, croyez-moi. Et Josette avait une procuration pour ce compte.

– En tous cas je n'ai rien à voir avec les deux meurtres. Je ne vous aurai certainement pas contacté si j'avais supprimé ma femme.

– Et Madame Schmidt ?

— Elle était également mêlée à ce trafic ! En voici les preuves. Nous avons découvert que Josette pouvait accéder au compte offshore de votre épouse.

— Vous avez raison, je ne sais plus quoi dire. Je suis choqué. Je vous jure sur la tête de mes enfants que je n'étais pas au courant de cette sordide histoire. Mais qui aurait pu leur en vouloir ? Ce médecin véreux ? Elles voulaient peut-être arrêter et le tueur ne voulait pas les lâcher ? Mais pourquoi ce médecin ne commandait-il pas lui-même ses produits ?

— Pour la simple et bonne raison qu'il ne devait laisser aucune trace, les hôpitaux sont contrôlés beaucoup plus sévèrement que les pharmacies. Il ne pouvait donc pas commander les produits frelatés directement à Hong Kong. Ensuite il était certainement associé à ce commerce bien lucratif.

— Nous vous tiendrons au courant Monsieur Lemaire.

— Encore une chose, s'il-vous-plaît, s'exclama Lemaire, n'ébruitez pas ce que vous avez découvert, la pharmacie, c'est mon gagne-pain. Vous vous rendez compte de la publicité que cela me ferait. Je devrais mettre la clé sous la porte.

— Il va y avoir une enquête approfondie de la part de nos collaborateurs de la brigade financière. Je leur dirai de rester discret !

— Merci Monsieur le Commissaire.

— A bientôt.

— J'ai faim, dit Charles. Viens, on s'arrête au *Burger King*. Cela ne va pas nous prendre beaucoup de temps.

— Mince, il est déjà 14 heures, en effet.

Les policiers se dirigèrent vers l'hôpital Saint Médard. Ils furent reçus par la directrice, Madame Claudine Chevalier.

— Bonjour Messieurs, comment puis-je vous aider ?

— Nous enquêtons au sujet de deux homicides. Les victimes sont Madame Lemaire de la pharmacie du *Sphinx* et sa préparatrice, Josette Schmidt.

— Oui je l'ai entendu à la radio. Qu'à à voir notre hôpital dans cette histoire ?

— Voici une ordonnance qui a été signée par un de vos médecins. Ce trafic durait depuis plus d'un an.

— Mais comment cela ? Normalement nous commandons tous nos produits à la pharmacie de l'hôpital. Ensuite, comment une pharmacienne peut-elle se procurer ce médicament qui est réservé exclusivement au traitement des patients qui ont contracté une infection aux staphylocoques résistants. Où a-t-elle eu ce produit ? Ah, je vois, dans un laboratoire à Hong Kong. Ils ne doivent pas savoir que ce produit est réservé uniquement au milieu hospitalier.

— Nous pensons que ce laboratoire fabrique des médicaments frelatés.

— Mais cela peut tuer des innocents, s'écria Madame

Chevalier. Attendez un moment, je vais appeler deux de mes confrères.

Deux médecins entrèrent et Claudine leur expliqua ce que les commissaires avaient découvert. Il s'agissait de Michel Lefèvre et Géard Tomassini.

— Gérard, c'est bien ta signature, non ? Mais qu'est-ce qui t'a pris, te voilà pris la main dans le sac !

Le médecin voulut s'échapper, mais il fut rattrapé aussitôt par Charles.

— Claudine, les médicaments étaient à moitié prix chez Madame Lemaire. Elle m'avait proposé d'en commander pour l'hôpital. Je ne pouvais pas le faire d'ici à cause de nombreux contrôles. J'ai certainement oublié de détruire une des preuves.

— Non, nous en avons trouvé chez les deux victimes. Elles n'étaient pas aussi prévoyantes que vous, répondit Marcel. Mais dites-moi où avez vous connu Madame Lemaire ?

— Nous étions amants avant qu'elle n'épouse son mari.

— De plus tu es un ignare, la pharmacienne s'est fait une grosse marge à ton insu et la pénicilline était frelatée, s'écria Madame Chevalier. Vous n'aviez aucun scrupule envers la santé de nos malades, la renommée de notre hôpital, ensuite ta carrière !

— Michel, s'exclama t-elle, en s'adressant au deuxième médecin ! Tu peux contrôler quels patients ont été traités avec ce lot frelaté ? Remonte un an en arrière. Mon Dieu je n'ose y croire !

— Je sors les dossiers et je te les ramène, Claudine. Ma secrétaire m'aidera.

— Mais je n'ai pas tué ces deux femmes, le trafic oui, j'avoue, mais pas les meurtres.

— Je l'espère pour toi ! Hors de ma vue, tu me répugnes.

— Monsieur Gérard Tomassini, à partir de ce moment, je vous mets en garde à vue. Vous êtes accusé de trafic illégal d'un dérivé de pénicilline et d'antibiotiques frelatés. Vous pouvez garder le silence. Tout ce que vous direz pourra être retenu contre vous. Vous pouvez appeler votre avocat. Si vous n'en avez pas, il vous en sera commis d'office. Nous vous suspectons également d'avoir supprimé vos deux complices. Peut-être ne voulaient – elles plus travailler pour vous !

— Je vais appeler mon avocat, s'écria Tomassini.

Le portable de Marcel se mit à vibrer.

— Bonjour Madame la Procureure. Nous avons détecté que Madame Lemaire et sa préparatrice étaient mêlées à un trafic illégal d'un dérivé de pénicilline et d'antibiotiques frelatés. Elles étaient également amantes. Les maris semblent hors de cause. Nous venons d'arrêter un médecin de l'hôpital Saint Médard de Metz qui leur a délivré l'ordonnance. Le laboratoire d'Hong Kong qui leur fournissait le médicament va être inspecté par Interpol. Aucun laboratoire n'a la droit de délivrer ce médicament à une pharmacie, car il est exclusivement réservé au milieu hospitalier. De plus il était frelaté. Le médecin nie cependant les meurtres. Nous allons éplucher les dossiers des patients. Peut-être trouverons – nous des réponses à nos questions !

– Bien Messieurs, vous voilà sur une piste sérieuse. Je vous souhaite bon courage et n'hésitez pas à m'appeler à n'importe quelle heure si vous avez du nouveau. Merci.

– Bien sûr, au revoir Madame la Procureure.

Quelques minutes plus tard, Michel Lefèvre vint avec une pile de dossiers. Il y en avait au moins une cinquantaine.

– Messieurs, j'espère que vous resterez discret au sujet de cette affaire. Ce n'est pas parce que nous avons une *brebis galeuse* à l'hôpital que tout le système hospitalier doit être remis en cause.

– Ne vous inquiétez pas, Madame Chevalier !

– Merci Messieurs !

– Ma secrétaire va vous ramener deux cafés. Ensuite, voici deux tickets repas pour notre cantine. Je ne crois pas que vous serez rentré à l'heure pour le dîner. Il est déjà 16 heures.

– C'est très aimable, Merci Madame.
– Si vous avez des questions, je suis à côté et moi aussi je vais rentrer tard.
– Allô Elisabeth, alors qu'a dit le médecin ?
– J'ai la vraie grippe, il m'a mis en arrêt pour 10 jours. Il serait préférable que tu dormes dans la chambre d'amis cette nuit. Je me suis déjà rendue à la pharmacie. A quelle heure vas-tu renter ?
– Repose-toi ma chérie. Nous sommes à l'hôpital Saint Médard à Metz, nous avançons, mais nos recherches impliquent beaucoup de temps.
– Ce qui veux dire que tu vas rentrer très tard. Ce n'est pas grave. Je ne suis pas mourante. Et tu m'as ramené de quoi tenir une semaine.
– Merci mon coeur. A ce soir, ou plutôt cette nuit. Bisou.
– Elle est compréhensive ta femme, dit Charles.
– T'en fais pas, tu trouveras également chaussure à ton pied un de ces jours.
– J'espère que tu dis vrai. La dernière copine en date ne m'a pas laissé de bons souvenirs.
– Pourquoi ?
– Elle m'a trompé.
– Désolé !
– Bon, on doit se taper tous ces dossiers. Mon Dieu, j'hallucine, s'écria Charles

— J'ai terminé mon service, lança Michel Lefèvre, je vais vous aider.

Deux heures passèrent. Ni le médecin, ni les enquêteurs n'avaient trouvé de malade intoxiqué ou qui était décédé à cause du médicament frelaté.

— Vous avez faim Messieurs ? Notre cantine est ouverte jusqu'à 19 heures, demanda Michel.

— Bon, a va s'acheter un casse-croûte, ensuite on continuera, dit Marcel.

Dix minutes plus tard, les policiers étaient de nouveau à leur place et continuaient d'examiner les dossiers des patients.

— Je crois que je tiens quelque chose, fit Charles.

— Qu'avez-vous trouvé ? demanda Michel.

— Un jeune homme de 22 ans est mort il y a deux mois d'un arrêt cardiaque. Il avait une pneumonie sévère et a été soigné justement avec ce dérivé de pénicilline et d'antibiotiques. Quoi, je n'ose vous dire le nom de famille de la victime !!!!!!

— Qui est-ce ?

— Martin Chevalier, le fils de Madame Chevalier.

— Comment ? Ce n'est pas possible, s'écria Marcel, donc elle devait forcément être au courant de ce qu'avait fait Gérard Tomassini.

Marcel sortit du bureau et se dirigea vers le bureau de la directrice.

— Je vous attendais Monsieur le Commissaire, je suis contente que vous ayez découvert la vérité. Je suis prête à collaborer avec la justice, au point où j'en suis, tout m'est égal !

— Avez-vous supprimé ces deux femmes, Madame Chevalier ?

— Oui Monsieur le Commissaire, et je ne le regrette pas. Elles étaient toutes les deux responsables du décès de mon fils, Martin. J'ai trouvé sa mort suspecte, un arrêt cardiaque, mon fils n'avait pas de problème à ce niveau. Le staphylocoque aurait pu être combattu correctement si mon fils avait reçu un traitement adéquat. J'ai trouvé dans l'ordinateur du docteur Tomassini des ordonnances falsifiées d'un dérivé de pénicilline frelatée, destinées à la pharmacienne. J'ai retrouvé de plus les noms et adresses de Madame Lemaire et de Madame Schmidt. Je n'avais même pas besoin d'ordonner une autopsie, c'est grotesque ! Dans la précipitation, il n'a pas pensé à tout effacer ! C'est insensé ces trois personnes ont joué avec la santé des malades et pour mon fils cela s'est avéré fatal, mais heureusement qu'il n'y a pas eu d'autres cas de décès. Si au moins il y avait eu des tests avant d'essayer ce médicament sur des innocents !

— Comment avez-vous pu vous procurer la clé pour vous introduire à la pharmacie ? Vous n'aviez pas peur de vous faire prendre ?

— Non, je n'avais plus rien à perdre. Je suis divorcée

depuis trois ans, je n'ai plus personne dans ma vie et avec un métier prenant, il ne restait plus beaucoup de temps pour ma vie privée.

— Je suis allée en pleine nuit, prendre des empreintes de la porte d'entrée de la pharmacie. Vous trouvez tout sur le net pour savoir comment procéder. J'ai eu de la chance, il avaient oublié de baisser le rideau en fer. Puis, le lendemain, je me suis rendue chez un serrurier prétextant que j'avais perdu ma clé d'entrée, pour éviter des frais inutiles, je l'ai prié de m'en refaire une. Et cela a marché !

— Décidément Madame, vous auriez pu travailler avec Arsène Lupin. C'était un plan machiavélique. Vous auriez pu prouver ce que vous aviez découvert et ensuite nous contacter.

— Je ne crois pas en la justice, car après quelques années, ces trois personnes auraient été libérées.

— Oh, je n'en suis pas aussi certain, s'exclama Marcel. Donc, si je comprends bien, Gérard Tomassini avait beaucoup de chance, car je pense qu'il était le troisième sur votre liste.

— C'est exact. Quand je vous ai vu arriver au bureau j'ai su que vous alliez trouver rapidement la vérité !

— Comment avez-vous fait pour pénétrer chez Madame Schmidt ?

— J'ai sonné à la porte. Elle m'a ouvert et je lui ai planté la piqûre en pleine poitrine.

— Votre nom va apparaître dans la presse, vous qui

aviez peur pour la renommée de l'hôpital Saint Médard. Vous finirez le restant de vos jours en prison, malheureusement vous n'avez pas réfléchi, ce sont deux meurtres prémédités, vous risquez gros et votre avocat aura du pain sur la planche.

– Si vous savez combien cela m'est égal, car à l'intérieur je suis morte depuis le décès de mon fils.

– Veuillez nous accompagner Madame, nous vous ferons signer votre déposition. Demain matin vous serez déférée au Tribunal de Grande Instance de Thionville. C'est le juge Robert Damiano qui statuera sur votre dossier.

Les deux enquêteurs emmenèrent Madame Chevalier au commissariat de Thionville. Marcel appela Madame la Procureure.

– Allô Madame la Procureure, nous avons trouvé la meurtrière.

– Donc c'est une femme ! répondit Christine Dupont.

– Oui, c'est la directrice de l'hôpital Saint Médard de Metz.

– Quoi, mais pour quelle raison a t-elle assassinée les deux femmes ?

– Oh, elle avait aussi prévu d'assassiner le médecin impliqué dans le trafic illégal de pénicilline. Son fils, Martin a été empoisonné à cause de ce médicament, il est mort d'une crise cardiaque. Sa mère, Madame Chevalier, a fait faire des empreintes de la serrure de la pharmacie et s'y est introduite avant l'ouverture avec une clé qu'elle s'était procurée chez un serrurier. Madame Schmidt lui a ouvert la porte sans se douter de ce qui allait lui arriver.

— Mon Dieu, quelle histoire, la renommée de l'hôpital est partie en fumée. Et nous avons deux victimes qui n'étaient certes pas innocentes, mais qui ont joué avec le feu. Les pauvres maris, je ne les envie pas.

— Je vous félicite pour cette enquête Messieurs, bravo ! Je vais appeler Madame la Maire, et les journaux. Je vais donner une conférence de presse demain matin.

— Je vous serais gré d'y participer !

— Oui certainement. Nous allons rédiger le procès-verbal, nous vous enverrons une copie par mail. Demain matin mon collègue et moi viendrons vous apporter l'original avant l'arrivée des journalistes.

— J'ai encore une faveur à vous demander, si on pouvait rester discret au sujet de la pharmacie ; Monsieur Lemaire, qui est innocent, risque de devoir fermer l'officine.

— Ne vous inquiétez pas, j'y ai pensé. Merci Messieurs, à demain.

— Je vais contacter les maris des deux victimes, dit Charles. Ils apprendront le nom de la meurtrière à la radio et dans le Républicain Lorrain demain matin. C'est incroyable, pour une histoire de marge bénéficiaire on vend des produits frelatés. Et ce laboratoire d' Hong Kong, j'espère qu'Interpol va le fermer, aucune conscience. Il se fichait carrément que l'ordonnance vienne d'une pharmacienne et qu'il vendait un produit non-conforme.

– Je l'espère également, répliqua Marcel. Malheureusement il ne doit pas être le seul sur terre à faire ce genre de chose.

Et c'est ainsi que s'acheva l'histoire d'un « trio infernal » qui n'avait en tête que l'argent et le bénéfice. Il ne s'était aucunement soucié de la santé des malades. Un jeune homme innocent était décédé à cause d'eux.

Finalement la vengeance d'une femme qui n'avait plus goût à la vie depuis la disparition de son fils, avait pris une tournure dramatique !

Ce roman est issu de la pure imagination de l'auteur.

Les personnages et situations ont été inventés de toute pièce.
Toute ressemblance serait due au fruit du pur hasard.

Je remercie Marie-Josée et Angèle pour leur patience et leur aide
Mes amis et connaissances pour leur aide.
Merci à BOD pour leurs conseils et leur soutien.